纸上游天下·中国当代游记精选
主编:高长梅 张 佶

FENG QING WAN ZHONG DE FENG JING

风情万种的风景

邢贞乐 著

九 州 出 版 社 | 全国百佳图书出版单位
JIUZHOUPRESS

图书在版编目（CIP）数据

风情万种的风景 / 邢贞乐著. -- 北京：九州出版社，
2013.9（2021.7 重印）

（纸上游天下：中国当代游记精选 / 高长梅，张佶主编）
ISBN 978-7-5108-2355-8

Ⅰ.①风… Ⅱ.①邢… Ⅲ.①游记 – 作品集 – 中国 – 当
代 Ⅳ.①I267.4

中国版本图书馆CIP数据核字（2013）第227702号

风情万种的风景

作　　者	邢贞乐　著
出版发行	九州出版社
地　　址	北京市西城区阜外大街甲35号（100037）
发行电话	（010）68992190/3/5/6
网　　址	www.jiuzhoupress.com
电子信箱	jiuzhou@jiuzhoupress.com
印　　刷	北京一鑫印务有限责任公司
开　　本	710毫米×1000毫米　16开
印　　张	9
字　　数	120千字
版　　次	2014年1月第1版
印　　次	2021年7月第6次印刷
书　　号	ISBN 978-7-5108-2355-8
定　　价	36.00元

前言

仁者乐山,智者乐水。所以古今中外,无论贤人圣哲,还是白丁草民,他们在观山赏水的时候,无不从山水之中或感悟人世人生,或慨叹世事世情,或评点宇宙洪荒,于寄情山水中,抒发自己的惬意或伤感。有的徜徉于山水美景,陶醉痴迷,完全融入大自然忘记了自己;有的驻足于山川佳胜,由物及人,感叹人世间的美好或艰难。

一篇好的游记,不仅仅是作者对他所观的大自然的描述,那一座山,那一条河,那一棵树,那一轮月,那一潭水,那静如处子的昆虫或疾飞的小鸟,那闪电,那雷鸣,那狂风,那细雨等,无不打上作者情感或人生的烙印。或以物喜,或以物悲,见物思人,由景及人,他们都向我们传递了他们自己的思想情感。

一篇好的游记,它就是一帧精巧别致的山水小品,就是一幅流光溢彩的山水国画,就是一部气势恢宏的山水电影。作者笔下关于山水的一道道光，一块块色，一种种造型，一种种声音，无论美轮美奂，还是质朴稚拙，无论清新美妙，还是苍凉雄健，都让我们与作品产生强烈的共鸣，让我们在阅读中与自然亲密接触，于倾听自然中激起我们的思想波涛，与作者笔下的自然也融为一体。

这是一套重点为中小学生编选的游记，似乎也是我国第一套为中小学生编选的较大规模的游记丛书。我们希望这套游记能弥补中小学生较少有时间和机会亲近大自然的缺憾，通过阅读这套游记，满足自己畅游中国和世界人文或自然美景的愿望。

目录

CONTENTS

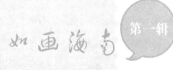

如画海南　第一辑

 第二辑 锦绣中华

 目录 CONTENTS

目录

CONTENTS

风情欧洲（上）　　第三辑

 第四辑 **风情欧洲（下）**

目录 CONTENTS

∨∨∨ 第一辑

如画海南

晚霞鎏金三亚湾

奔跑了一天的太阳,童话般地悬挂在三亚湾海天相接的地方,沉甸甸的快要坠入大海了,可它竟没有一点疲惫的姿容,依然是那样温情那样火热,红彤彤火亮亮的把一片片依偎它的云朵映照得像旺炉里的炭火,把一片片波涛汹涌的海面蒸煮得像沸腾着的红玛瑙和绿珍珠,更把十八公里白沙银滩三亚湾上如梭如织的游人照耀得像披金挂银似的! 这个南国著名的海湾因晚霞的温情倾泻更显得美丽妖娆风光无限,海岸挺拔的椰树,多像这里潇洒伟岸的男儿,满城袅娜的槟榔,更似这儿美目含颦的女郎……

三亚湾的晚霞是那么多情,那么富有动感。当夕阳煮海彩霞满天的时候,守候一天的渔民开着他们的小机船,船头装上几百瓦甚至上千瓦的白炽灯出海捕捞"灯光鱼",霞光越红汛情越好。三亚是太阳常驻的地方,晚霞把温情无私地分赠给每一天,也分赠给每一个唱晚出海的笑容,为了每天拂晓海面上一个个鱼货满舱的收获。

十几二十年前,三亚湾清冷而寂寥,只有洁白如洗的沙滩,没有人气更没有楼宇,晚霞把骄傲隐藏在云彩里。而如今,三亚湾已经是幢幢高楼平地起,引来了全中国乃至全世界的购房者,霞光撒娇地向三亚湾倾情流泻,光线流到哪哪儿就是寸土寸金之地。十八公里"椰梦长廊"是十八公里画廊,十八公里大厦伟宇是十八公里金山银堆,十八公里长滩包容着九百六十万乃至一亿四千九百万平方公里的笑靥！

　　海水边上有几个老者坐着小木凳钓鱼，有人疑惑如此浅滩怎能垂钓？可只要你耐心等待，就会看到他们奇迹般地一杆挥上几条串在一根线上的小鱼，其实他们钓上的是一种心情，一种晚霞般的温情和愉悦。沿海岸线有许许多多的游人在捡贝壳，也许一个傍晚也捡不到一颗，但他们脸上的欢乐却像金子般闪亮。沙滩上随处可见玩沙子的孩童，其间也可见不少度蜜月的情侣，他们在堆沙子，有的甚至把两人的半身埋到沙子里，尽情享受夕阳的柔抚和细沙的舔吮，脸上的柔情蜜意如同孩子般天真烂漫。浅海处有更多的人在游泳，带游泳圈的、穿泳衣的、光膀子露大腿的，蛙泳仰泳自由泳，在北纬十八度冬阳的舔抚下仿佛洗热水浴那样温暖惬意。椰林遮阴处有为游人量血压的，有作针灸推拿按摩的，也有卖旅游小工艺品的，只要你肯花上几块钱就可尽情地和椰子壳雕成的美少女或贝壳黏成的爱情鸟打趣逗乐。湾面上有画像的、有照相的、也有给张扬个性的游人现场录制 MTV 的，只要你坐下来十几分钟，朦朦胧胧的你就会出现在艺专学生的铅笔画里；只要你一声应允，你披着霞光的身影就会定格在黑黝黝的渔家姑娘的相机里；只要你愿意走进临时搭建的帐篷，对着背投荧屏任意发挥，自学成材的小伙子会为你奉上以三亚湾风光做背景的 MTV 让你陶醉一辈子！

　　三亚湾已不再冷清。晚霞是那样的自然流畅，那样的豪边奔放。到三亚避寒过冬的人群中，东北人中午就到"椰梦长廊"去唠嗑去下棋去晒太阳；四川人更多的是织毛线玩魔方喝啤酒，等待霞光的抚慰；湖北人喜欢"斗地主"，湖南人爱打"拖拉机"，在树荫底下或铺上一块草席塑料布，或将几张卖楼小广告一拼，几个人围坐一起轮番作战不到天黑决不罢休；北京的老票友提着二胡总是唱不尽"霸王别姬"与"四五花洞"……而"老外"，奥运五环旗上的五种肤色，却喜欢在沙滩上骑单车追逐嬉戏，让海风飘进胸襟，享受阳光沙滩椰风海韵的浸润。十八公里三亚湾真的

像胸怀博大热情爽朗的三亚人那样包容四海笑纳五洲！

太阳像钢水似的缓缓地流入大海，一道道霞光若隐若离不舍褪去，此时的三亚湾撒下了一派特有的清凉，沙滩上的人越来越多，潮水般地向"海月广场"聚拢，一个世界大舞台在轻纱薄箔红霞含丝的背景下徐徐拉开了帷幕。"东北队"拉起了绳索，在固定的领地里跳起"秧歌"、"二人转"、"佳斯舞"；"乐东团"围起圈圈，跳起老幼皆宜的现代舞、健身操，老太太的腰肢像姑娘们那样柔软，老爷们的步伐像小伙子那样轻盈；而"三亚班"却无遮拦敞开式跳起十三、十四步，融入塞北江南五湖四海的人流既温馨又和畅。场外那些三三两两的配合更有韵味，花坛旁经常看到一对对新疆老夫妻戴着维吾尔族"曼波尔"花帽，在同伴的琴声中跳起"切克得曼组合"、"掀起你的盖头来"；要是有几个俄罗斯姑娘跳起异域风情浓郁的"俄罗斯美女舞蹈"，即刻会引来一群时尚女郎缠着围着跳得开襟露肘飒飒洒洒。

悠悠临春河

我的家住在临春河畔，这是一个美丽动人的地方。清晨，拉开窗帘一河碧水泛着涟漪，清凌凌的像一首诗从心中潺潺流过。两岸的红树林胖墩墩绿油油的，那清晰的倒影绿透了半河水，树梢枝头星星点点数也数不清的白鹭，静静地聆听着远方鹧鸪鸟的啼鸣，偶尔有一条小船从河心划过，一路微澜迭起，戴着竹笠的"疍家妹"哼上两句委婉悦耳的渔光曲，更让人如梦似醉。

傍晚，坐在高高的阳台上，听着对岸"美丽之冠"传来《浪漫天涯》大型美秀歌舞，宛如一个个故事在心田流淌。《鹿回头》一个美丽的爱情传说："翻山越岭走天边，筒裙飘转纱遮脸，回眸一笑终身许，羞得那天涯海角红霞添。"《红色娘子军》一部用脚尖写下的神奇诗篇，那是红棉树讲述的故事，那是一群扛枪女人点燃的火焰，烧红了五指山，烧滚了万泉河……

临春河是三亚河的支流。据传，历史上的三亚叫"三丫"，是因三亚河流经这里的时候，为了彰显这块土地的山水本色而一分为二，一支（东河）沿着狗岭蜿蜒，另一支（西河）沿着南海延伸，主流与支流三条水组成一个"丫"字而得名。两支河流从榕根分开，奔走五六里后，又相约在鹿回头山脚下汇合入海，精心雕琢出这座山、海、河、岛要素俱全的滨海城市。因"丫"与"亚"谐音，后人舍"俗"取"雅"，将"三丫"改为"三亚"。二○○三年，三亚第一次举办世界小姐总决赛，市政府兴资在风景优美的狗岭脚下、东河东岸修建主会场"美丽之冠"，正挨着黎族村落临春村。这样一来"美丽——临春"给人"春"的意境和"诗"的灵感，于是才思敏锐的三亚人将"三亚东河"改成了"临春河"，临春河从此谱写出崭新的篇章！

二十几年前我对临春河是陌生的，当时的三亚只是西河西面狭长地带上不足三平方公里的地方，从那里到临春河直线距离也只有两三公里，但因为河上没有桥，所以对临春河可望而不可即。第一次认识临春河是在一九八六年，当时三亚市政府发动全民植树造林大会战，首战就是狗岭——虎豹岭山麓。我们单位从河西出发，二十几个人带着锄头铁锹站在一辆解放牌大卡车上，绕一个大弯过三亚大桥、潮见桥，走五六公里到榆亚盐场发电厂，再折入狗岭山脉沿着临春村坑坑洼洼的山路，穿竹棚过石堆颠簸七八里走半个钟头才到达虎豹岭目的地，就是现在"美丽之冠"

西面的山头。劳动之余,我坐在山石上欣赏临春河的景色。河水像一条彩练飘落在狗岭脚下,满岸的芒草长着白絮似的花儿纷纷扬扬,河边稀稀落落长着一些小叶红树,河滩浅水之处有几个光着膀子皮肤黝黑的村民,手中拿着鱼叉腰中拴着鱼篓,在寻机捕鱼、捉蟹。沿岸放牧的童子或吹着口哨,或躺在牛背上晒太阳,一派浓郁的山水田园风光,遗憾的是没有道路,阡陌也不见一只鸟儿,如同一首缺少韵律的诗。

短短二十几年的时间,三亚的建设者们已经改写了临春河古朴的面貌,浓笔重墨描绘出一幅绿山秀水琼楼玉泉的画卷。一个星期天,我闲暇无事带着怀旧的心情,从临春村边的凤凰路爬上虎豹岭,站在山顶瞭望临春河景:芒草、荒野、牧童已经不见了,只见两岸红树林一片葱茏,无数鸟儿在林中栖息,为数最多的要算白鹭了,公园、河滩、湖泊、湿地随处可见它们的身影,成为临春河一幅靓丽的风景线。河面从月川村分叉到鹿回头入海口仅三四公里就建起了丰兴隆大桥、临春桥、白鹭公园步行桥,拓宽了潮见桥;修建了宽敞笔直纵横交错的春光路、新风路、临春河路、凤凰路,形成了四通八达的城市交通网络。三亚河西的居民只需几分钟车程就可过三亚河到临春河,一路饱览"两河"风光。河东岸还依次修造了百花争妍的名花公园、富丽堂皇的"美丽之冠"、自然和谐的白鹭公园、气势磅礴的鹿回头广场。西岸更是幢幢高楼拔地而起,功能齐全、生活气息浓厚的公寓小区比比皆是,宾馆、酒店、茶坊应运而生,满河的旖旎风光挥洒着两岸的繁华。

我家就住在临春桥头的金鼎公寓,与"美丽之冠"隔河相望。三亚的重大活动和"美丽赛事"都在家门口举行,给我提供了"近水楼台先得月"的机会。每次盛典我都是在临春桥头早早抢占有利位置,目睹名人风采。在三亚奥运圣火国内首传活动中目睹了奥运健儿杨扬、桑雪、顾俊的英姿;连续三年在世界小姐总决赛的现场见证了香港名嘴周英琦的主持,和世界小姐组织机构主席莫莉夫人给获得第五十三、第五十四、第五十五届世界小姐总决赛冠军的爱尔兰小姐罗珊娜、秘鲁小姐玛丽娅、冰岛小姐安纽尔戴上美丽桂冠的动人时刻；在中国电影百年庆典大会上见到了国际巨星成龙和自小就打心里喜欢的中国著名电影明星唐国强、葛存壮、秦怡、金雅琴……心里有多少说不出的亲切和感动！

再登鹿回头

她是一座山环水抱的碑，她是一曲幽婉动人的爱情故事，她是一对情满天涯的恋人，她是一首流传千古的诗。当夕阳挂在西瑁洲岛海螺姑娘头顶的时候，当三亚湾畔拉网的渔民收起最后一网微笑的时候，当夜间作业的渔船在大东海依稀可见的海面上亮起第一盏灯火的时候，当临春河畔茂密的红树林上落满如雪片纷飞的白鹭的时候，我再次登上了南海情山鹿回头！

我踩着洪荒时代珊瑚堆积而成的那片海枯不烂石，在满天彩霞的映衬下攀缘拾级而上，来到了与石伴生的"仙鹿树"前，我驻足仰望不禁惊叹大自然的鬼斧神工！那石头像鹿的身躯，拔石而起的那棵大叶榕，树身像鹿的颈项，树冠更像鹿角上挂满绿色的枝蔓，莫非真的是仙鹿下凡？太神奇了。"山不在高，有仙则灵。"抢在我前面的一对恋人，他们虔诚而小心翼翼地在石和树上挂上了一副同心锁，站在"永结同心"的神龛前，面对"仙鹿树"深深地鞠了一躬，然后相互搀扶着向前攀缘。我也模仿着他们的动作，为后生们祈祷爱情，愿天下有情人终成眷属。

第一辑
如画海南

从"仙鹿树"向右走几十步就到了一个凉亭,正中央竖着一块用篆体字雕刻而成的"山盟碑",还是那对情侣,他们似从远古的荒原走来,被眼前的新奇惊呆了。在一阵不知所措的彷徨和踯躅之后,面对波光潋滟的大海,椰影掩映的村庄,临风浴松的亭台,"半山半岛"高耸云天的楼群,沐浴着如洗的清风,他们情不自禁地齐声呼唤:"鹿回头,我来了……"他们分靠在"山盟碑"两旁,在南海情山之巅,面对大海,以天地为证合抱碑石,发出一个声音:"共爱今生不移!"引起了山海之间共鸣。山腰那片海枯不烂石上刻着一个大写的"爱"字,把山、海、情、缘巧妙地融为一体,成为情侣海誓山盟的最佳之地。我衷心地为他们祝福!

从"山盟碑"再往上走,就到了"夫妻树"和"月老庙"前,一位年青导游带着一拨游兴未尽的俄罗斯客人,他们均对"夫妻树"啧啧称奇。这是两棵连根而生的小叶榕,枝繁叶茂,盘根错节,如胶似漆,"相依为命"。人们感到惊奇的是,它们为了爱情所表现出的那种坚忍不拔的意志,在几乎全是石堆的地方生长得如此葱郁!一对俄罗斯情侣耐心地听着导游的讲解,当他们得知"月老"是中国的爱情和婚姻之神后,十分虔诚地在月老庙前双手合十祈求美满姻缘。这时,一缕轻烟袅绕,一阵清风拂面,一抹晚霞洒入松间,仿佛"月老"在向他们投去和蔼慈祥的笑容……

返回原路沿着弯弯小径,约走五十米就到了"鹿回头"雕塑广场。这里有一个充满浪漫色彩的爱情故事。最早读到有关"鹿回头"传说的文章是著名作家、诗人袁水拍一九五九年三月三日在《人民日报》发表的《美哉海南岛》一文,其中的"椰林里的公社"一段。当时"鹿回头村"党支部书记黎玉山的描述是这样的:"从前一个黎族猎人在五指山上追猎一只鹿,一直追到榆林港海边,鹿再也没处跑了,就回头一望,也许是找别的出路吧。这时,猎人也顺着鹿回头而望的方向看去,恰好发现一位黎族姑娘……后来他们结了婚,他们的后代就在这地方居住了下来。"从那时起,我就被这段美丽的爱情传说深深地打动着。

记得一九八四年三亚撤县设市后，听说要在城市的最高点修建"鹿回头公园"，我和几个朋友相邀，踏着那条弯弯曲曲的山路第一次登上了鹿回头山顶，只见山上乱石遍地，荒草丛生，几个工人在凿石修路。站在山顶俯视三亚，在碧波万顷，河海交错之间，以解放路为中轴线的狭长沙带上稀稀落落地建有一些三四层高的楼房，整个城市轮廓也就那么几平方公里，在三亚河入海口的两岸边上住满了水上居民，他们用木板、油麻毡纸搭建绵延几里的"疍家棚"，那时的三亚俨然是个滨海渔村。

一九八八年海南建省、三亚升格为地级市之初，著名雕塑家林毓豪根据"鹿回头"的美丽传说而创作的大型石雕作品《鹿回头》，出神入化地把刚毅果敢、英俊壮实的青年猎手和腼腆温柔、含情脉脉的黎族少女定格在"鹿回头"山上。自此，随着经济的飞速发展，众多文学家、艺术家把"鹿回头"这段美丽浪漫的爱情传说搬上了舞台，搬上了银幕，给三亚这座滨海新城披上了神秘而美丽的外衣，同时也引来了世界小姐组织机构主席莫莉夫人，举办了连续三届世界小姐总决赛，给三亚戴上了世界上独一无二的"美丽之冠"，由此也带出了"美丽三亚，浪漫天涯"的三亚城市名片，三亚成了梦幻般的"鹿城"！

夜幕渐渐降临。在乳白的灯光下，一对对寻踪而至的情侣聚集在"鹿回头"雕塑前，用手机、照相机、摄像机记录下他们美丽、浪漫、喜悦、靓丽的瞬间。而我，一个三亚升格为地级市二十一年的亲历者和建设者，看着暮色氤氲的三亚河口桅樯林立的港湾，看着城区"两河三岸"幢幢高楼上滚动着的七彩倪虹，看着几十里白沙银滩灯火如注的三亚湾，看着波涛汹涌中仿佛一艘巨轮正待扬帆起航的"凤凰岛"……二十一年三亚翻天覆地的变化让我感到无比的骄傲和自豪！

天堂之巅

——记亚龙湾热带天堂森林公园

如果说三亚是永远的热带天堂,那么,亚龙湾热带天堂森林公园就是天堂之巅。

从三亚市迎宾路往北至田独镇,再往西走海榆西线约三公里就看到了"亚龙湾国家旅游开发区"花岗石金字大门,从这里进入亚龙湾,一路浓荫匝地如同穿行于隧道之中。越过一片仙境般的绿色田野后,左拐约一百米再往山的方向爬五十米左右就到了天堂森林公园的入口,一路走来已经有如进入人间天堂的感觉。

公园的门并不显赫,草庐式的建筑,自然朴实。我随着人流经过检票口顺利地进入园区。据工作人员介绍,公园有两种游览方式可供游客选择,或登山探险或坐观光车游览。不知道《圣经》里的天堂究竟如何,但我想人间天堂应该是这样的:有琼枝玉树、有百草幽香、有潺潺溪流、有莺歌燕舞、有秋蝉鸣唱、有冬虫呢喃……总之,是世界上最美丽最洁净的地方。亚龙湾热带天堂森林公园就是这样的一个地方,来到人间天堂当然想亲身体验天堂的馈赠和恩赐,于是我选择了登山的路。

坐上景区专用游览车,在一片郁郁葱葱的原始森林中打几个转弯就首先来到了兰花谷。在青山峡谷的山径两旁、在人工编织的兰花长廊里,到处栽种着各种各样的兰花,有色彩斑斓的蝴蝶兰、紫罗兰、大花卉兰,还有花葶直立、紫红黄绿的君子兰、剑兰……有的是附栽在长廊外的椰子、槟榔和榕树的树杈上,有的是用箥篓、干树根栽种后悬挂在长廊的顶端并美其名曰"空中飞兰",有的干脆就栽在一块干枯了的椰子丝壳上,无论你怎样摆弄,它依然亭亭玉立孤芳自赏,不改其风韵高雅秀气非凡的本色。

兰花谷旁有一个清澄明澈的天然水潭叫"飞龙潭"。传说,南海龙王的第五子牙龙,羡慕此地如花似玉的黎族少女——吉利,曾经下凡到海边,把吉利带到此高山深潭并向其求爱,但吉利已有心上人渔民阿祥而拒绝与其联姻。牙龙深感其对爱情忠贞不渝,毫发未损送其还乡。哪知"天上一日,人间三年",阿祥怀疑吉利已非黄花闺女而嫌弃她。为了证明自己的清白贞洁,吉利凄然投身大海,此时高山峻岭、悬崖峭壁全都后退为吉利让路。南海龙王深受感动,让吉利的玉体幻化成白如雪、软如棉、细如面,形似月牙儿般美丽的"牙龙湾"。此时,渔民阿祥才如梦初醒,追悔莫及。因此处为三亚属地,后人将其改名为亚龙湾。

站在兰花谷旁、"飞龙潭"边细听亚龙湾的传说,似一股清泉从胸口汩汩流过,心中泛起绵延不断的涟漪。而如今,山上仍有溪流潺潺流入潭中,犹如吉利忧伤的泪水;潭中但见一只空竹排停靠岸边,莫非阿祥还在苦苦等候?青青的水草旁有几朵莲花开放如芙蓉出水,与空谷幽兰含露吐珠相映成趣,让人想起明代诗人张翀的那首兰花诗:"芳草碧萋萋,思君漓水西。盈盈叶上露,似欲向人啼。"谁能不为阿祥惋惜,谁能不触景生情,思念那如兰花艳丽,似传说动人的情侣呢?

过了百草幽香的兰花谷,沿着幽幽石径拾级而上就进入了琼树玉枝的热带雨林区,行走于翁郁茂盛的椰子、棕榈、槟榔、翠竹和绿荫灌木丛中,清风习习犹如游离于氧吧间,凉飕飕的海风从远处飘来沁人心脾。往高处走如登天梯似的高峻陡峭,过石门、攀绳索、上同心桥、走巨石阵如同穿山钻巷,且有美丽梧桐、高山榕等大树荫蔽清凉如爽。

第一辑 如画海南

011

途中还听见一群小学生在玩脑筋急转弯,问:"明天地球就要爆炸了,为什么今天还有人自杀?"答:"到天堂去占位置呀!"一路欢声笑语不断。

登上最高处的"红霞山",雨林晨露未散,阳光如霞,彩虹洒满林间,一片"山林无处不飞花"的美景。步上崖边的"空山亭"举目四顾,更是"此处无山胜有山"的奇观:近处莽莽苍苍鸥翔燕舞,远处山海苍翠碧绿无涯;青山顶上有块大石盘坐,号称"亚龙湾大佛石",其石瞻高眺远佑护四方;巧筑于海天之间丛林深处的人造"鸟巢"度假木屋,让人遐想,是海市蜃楼,还是琼台仙阁?可以想象,入住"鸟巢"朝看红霞白鹭,夕观渔歌唱晚,晨听莺鸣蝉唧,夜枕芭蕉花雨,那可是"此景只应天上有,人生难得几回闻"呀!

我跟随游人来到了山顶,登上建在峰顶的仿中国古代名楼建造、气势宏伟、构筑精巧、高耸云天的"南海第一楼—沧海楼",此时此刻有如楼门对联所描述的心境:"登临红霞岭俯瞰亚龙湾品味天下第一美景,更上沧海楼极目太平洋澎湃人生几多豪情。"游人无不感叹此处正是美丽三亚——永远的热带天堂之巅!苍山如绿如黛,田野炊烟袅袅,晴空如蓝如洗,大海万顷碧浪,海棠湾、亚龙湾、太阳湾、大东海、三亚湾尽览无遗,海天一色让人心胸宽广豪情万丈!要是王勃登临此楼,该不会发出滕王阁上"落霞孤鹜、秋水长天"的感慨,而应该是沧海楼上"群鸥展绿、春潮涌天"的几多豪情了。要是范仲淹登临此楼,该不会因岳阳楼上"阴风怒号、浊浪排空;薄暮冥冥、虎啸猿啼"的凄楚景象而忧国忧民,产生"去国还乡"之慨、"忧谗畏讥"之惧、"感极而悲"之情,而应该是面对沧海楼"上下天光、一碧万顷;沙鸥翔集、锦鳞游泳"之胜景而心旷神怡,因此而勃发"宠辱皆忘"之超脱、"把酒临风"之挥洒、"喜气洋洋"之陶醉了!

美哉,亚龙湾热带天堂森林公园!

美哉,永远的热带天堂之巅!

蝴蝶谷与它的传说

　　偶然在书柜里翻到儿子读六年级的时候写的一篇作文《迷人的蝴蝶谷》,文中那美丽奇妙的景色吸引了我,使我萌发了再去看一看儿子笔下那迷人地方的念头。于是,在烟花三月夹竹桃花开得正红的时节,我独自一人驱车前往亚龙湾,专程去看蝴蝶谷。

　　蝴蝶谷地处热带雨林区,是一条林木森森的小峡谷。

　　走进景区你就会感到树的坚韧、叶的稚嫩、花的芳香。天然灌木猫尾木、乌墨、香合欢、余甘子、铁刀木、鸡尖树、海南揽仁……或群聚或散生,你中有我我中有你倔强向上。藤萝科鸡血藤、过江龙,藤蔓苗壮如龙似蟒攀岩过涧委婉缠绵。丰姿绰约的凤尾竹、旅人蕉、鱼尾葵,轻逸飘摇青翠欲滴如诗如歌。还有玉叶金花、小叶龙船花、鹤望兰等奇花异草或高或低,鲜艳稚嫩撒娇泼香弥漫整条山谷……

　　走入幽径你会感到石的奇特、溪的娟秀、桥的浪漫。沿着蝴蝶谷小溪两岸盘曲而上你会欣赏到许多奇石,圆润、清瘦、透亮、奇顽、秀巧,样式各异,有的如犀牛卧水,有的如青蛙鸣谷,有的如猴头望月,有的如鱼跃龙潭,活灵活现空灵可爱。一条小溪婉转曲折从谷底绕石穿林而过,时值枯水季节,细流潺潺,清澈见底,时而一潭清幽,时而如绢似帛,看不见儿子笔下那"小鱼来回穿梭,非常悠闲自得"的情景,但仍可看到水中生物蛹、卵浮动,小蜻蜓在水面上飞来飞去,一群群小蝌蚪来回游荡,自由

自在……

春天已经过去,夏天接踵而至,丰水期即将来临。经过秋冬两季大地孕育着蕴藏着的生机将在春夏两季漫山遍野履新迸发,去完成一次周而复始的生命旅程。现在已经看到嫩芽似笋万象更新的兴旺图景,不久也将听到鱼翔浅底,蛙鸣幽谷的壮丽乐章。那时,你会惊叹大自然的神奇魅力,你会真实自然如获至宝地感知这四季更替的生命真谛。峡谷中用绳索吊起的木桥连着岩板牵着巨石,走在桥上心无尘念荡然空旷如梦似幻。桥边人工修造的凉亭、石径,游人乘凉歇息的石板条凳……石、亭、径、桥相得益彰,将你带进一个童话般的迷人境地。

走入幽谷你更会看到一个色彩斑斓的蝴蝶世界。为了聚焦游客的视觉,管理者们别出心裁用遮阳纤维架搭建成一个巨大的、高出灌木林的、约有几百米长的蝴蝶屋,屋里集聚着各个种群的蝴蝶。有紫黑色、紫黄色斑点稀少的紫斑蛱蝶、金斑蛱蝶,有紫褐色翅膀长着双"眼"的美眼蛱蝶,有黄黑相间、翅膀似豹的云豹蛱蝶,有翅膀粉红、条纹清晰的红翅尖粉蝶,有翅膀呈黄色、橙色的黄粉碟、橙粉蝉,有翅尾如刺、黑紫红绿集于一身的红绶绿凤蝶,还有全国唯一、海南仅有、翅膀如黛似粉的蝴蝶仙子紫啄蝶……看着这些数不清的蝴蝶满园纷飞,如飘舞的花朵移动的幽香,令人陶醉,令人神思飞扬,令人流连忘返!

蝴蝶谷有一个悲怆壮烈的传说。相传距今六千五百万年前,作为主宰地球的鸟中之王——凤凰,为了拯救因自然环境恶化而濒临灭绝的弱小生物,一声长鸣在烈火中"涅槃"。此时狂风四起,火焰万丈,凤凰那美丽的五彩羽毛在空中漫天飞舞,熊熊烈火吞噬了凤凰全身,继之电闪雷鸣,火光冲天,凤凰在一束强光中化成一缕轻烟袅袅升腾,而空中那五彩羽毛纷纷飘落,它们飘落峡谷、飘落溪岸、飘落树梢枝头,满山昆虫顷刻被羽化成了蝴蝶,红黄绿白紫,翩翩起舞,把整条峡谷点缀得五彩缤纷……

蝴蝶谷的传说与"凤凰涅槃"的神话传说有着异曲同工之处。传说中的凤凰是人世间幸福的使者,每五百年它要背负积累于人世间的所有不快和仇恨恩怨,投身于熊熊烈火中自焚,以生命和美丽的终结换取人世的祥和与幸福。在其肉体浴火并经受了巨大的痛苦后,它得以重新换上更加美好的躯体和羽毛重生。这段神话传说在中国东晋著名佛教高僧、学者、理论家僧肇大师的代表作《涅槃无名论》"通古第十七"中被解释为:"古今通。始终同。穷本及末。莫之与二。浩然大均。乃曰涅槃。"意思是说,古往今来都是一样,穷本及末,没有二致,集浩然空我于一身,就是涅槃。佛教以此寓意空门修行所要达到的最高理想境界。

中国文学巨匠郭沫若在《凤凰涅槃》一诗中也引用了"凤凰涅槃"的神话传说,他写道:"宇宙呀,宇宙,我要努力地把你诅咒:你浓血污秽着的赌场呀!你悲哀充塞着的囚牢呀!你群鬼叫号着的坟墓呀!你群魔跳梁着的地狱呀!你到底为什么存在?……五百年来的眼泪倾泻如瀑。五百年来的眼泪淋漓如烛。流不尽的眼泪,洗不尽的污浊,浇不熄的情焰,荡不去的羞辱,我们这缥缈的浮生,到底要向哪儿安歇……火光熊熊了。香气蓬蓬了。时期已到了。死期已到了。身外的一切,身内的一切!一切的一切!请了!请了!"以如此悲愤激昂深恶痛绝的诗句,寓意万恶的旧世界将在熊熊烈火中被彻底烧毁,新世界在经受血与火的洗礼后即将来临。

"凤凰涅槃"的神话传说,其现实意义是凤凰经历烈火的煎熬和痛苦的考验,获得重生,并在重生中达到升华,以此寓意不畏痛苦、义无反顾、不断追求、提升自我的执着精神。而蝴蝶谷的传说是通过"凤凰涅槃"的自我牺牲精神,唤起人类自觉保护自身生存发展的环境,以创造更加美好未来的愿望,其寓意深远。

斗转星移,物竞天择,适者生存。地球从恐龙到凤凰到人类的演变劣汰,时刻地向生命敲起警钟,要珍惜生存环境,维护生态平衡,切不可滥捕狂猎,切不可乱砍滥伐,以致人类自我毁灭。人类要自保,就要自觉地保

护地球、保护自己的家园，不断地改善生存环境以达到永续发展的目的，决不能重演恐龙消亡的惨烈，凤凰涅槃的悲壮！

蝴蝶谷的传说发人深省、令人深思……

小洞天·祭海

受三亚市政协常委、大小洞天公司总经理孙冬先生的邀请，有幸于农历二月初二日到大小洞天去参加在那里举办的第九届龙抬头节。此前，曾多次到过大小洞天，被那里的山海奇观深深打动，此次到大小洞天却被这里的文化氛围所感染，在心灵深处留下了一个自然与人文和谐，山石与文化共存的完美的海天世界。

早早就赶到了那里，在门口办理了嘉宾入园手续后就随着人流"挤"了进去。只见景区里彩旗招展、锣鼓喧天，有备而来的各式队伍，他们穿着节日盛装，道家礼服、祭海长袍、少数民族服饰，一群群一拨拨，举着道教侯旗、挂着"广利天下"黄色绸带，抬着锣鼓、吹着器乐，在游人的簇拥下向着园区中心的民俗庙会舞台和广利龙王别院"涌"去。蓝天碧海，椰风海韵，涛声依依，游人如织，整个大小洞天景区成了节日欢乐的海洋。

我穿过人流来到海边沿着沙滩行走，一路走来只见椰树掩映，湾弧似弦，沙白浪涌，碧波万顷。海岸边遍布着鬼斧神工肖形状物的大小磊群，似在追波逐浪；海岸上万绿丛中遍布着人工雕琢的神牛、神龟、神龙，活灵活现栩栩如生。山海之间宛如一幅古朴雄壮的长卷画图，南山开山鼻祖毛奎笔下的景色尽收眼底："海色涵天，天光照水，烟霞异状，风月无边。"

据史料记载，毛奎于宋理宗淳祐年间任吉阳军（今三亚市）知军，他以道家文化的理念在此开发出"大小洞天"，将早他五十年任吉阳军守的周郎开辟出的南山风景区发扬光大。据传，毛奎任吉阳知军时政绩颇丰，令百姓拥戴，他酷爱道教文化，对南山洞天钟情至极，多次游历题刻，传说他最后老终南山"羽化成仙"。如今，大小洞天景区不仅留有毛奎的诸多摩崖石刻，而且留有毛奎登仙时的"仙人足"石和"足迹"，形如真迹神妙异常。

正因为周郎、毛奎两位仙客捷足先登，留下了"海邦之胜绝"、"南天仙境"、"洞天花鸟亦神仙"等美誉以及大量诗词、歌赋的咏叹，引来了历代政要、贤达名士和文人墨客，成就了今天这片天人合一的道教洞天福地。元代著名诗人王仕熙谪崖三年，陶冶洞天山水，留下了许多被誉为"神山仙曲"的诗句。"寻踪武帝身难到，断足娲皇迹已空。""天末晴光连绝岛，帝城曾知旧嫦娥。""不向神仙觅梨枣，乘槎直访女牛星。"……诗人把南山喻作南海仙山，感叹当年女娲断鳌足撑起的南极仙山，汉武帝梦寐以求寻找仙山却无缘至此；月宫中的嫦娥，哪知天下竟有如此比天帝宫殿更为鲜美的景色；瀚海连天，勿需修道寻仙，只需乘上木筏随风而上就可到达银河去探访"牛郎织女"。

明清二代，崖州（今三亚市）知州姚瑾、何冈、吕赓先后在南山筑亭、建祠，祀奉毛奎。一九六二年郭沫若游览大小洞天，对景区的山光水色赞叹不已，欣然写下了《游崖县鳌山》一诗，把南山大小洞天誉为"南溟奇甸"，并对周郎、毛奎评价有加："我言洞天小，康奎亦小仙。"一九九三年四月十七日，时任中共中央总书记江泽民视察南山大小洞天时，兴致所至，于景区内题写"碧海连天远，琼崖尽是春"的佳句。

沿着海岸历数山海奇观、追寻贤达名士的足迹，来到了景区中心"小洞天"处，站在毛奎摩崖石刻古"钓台"下举目远望，只见一艘艘祭海的渔船迎着霞光破浪而来，船上载有锣鼓，插着各色彩旗，汇集在离小洞天

第一辑
如画海南

不到一千米的海面上，晨曦中磊群叠嶂，桅樯林立，甚为壮观。此时，景区里的信众和游人越聚越多、山上山下、海岸沙滩、石头顶端都站满了人。因距离祭海时间尚早，加之主办者别出心裁在入园卡片上特意广告：凡游完"小洞天"、"不老松"、"龙王别院"和"独占鳌头"四个景点，就会有精美礼品赠送，因此这四个景点人声鼎沸盛况空前。

我匍匐着从"小洞天石室"踏着"仙人"毛奎的足迹出来，又随着人流拾级登山来到"石船"旁，抚摸着这尊既像小船又似元宝的巨石，感慨造化的神奇，莫非是毛奎为后人留下的"千古仙航"的佐证？从"石船"处左拐，穿过一段茂盛密实的灌木林，来到"寿"字碑前，碑上的"寿"字是慈禧太后的"御笔"珍宝。一九〇一年（岁次辛丑），慈禧太后六十大寿时，时任崖州知州王亘绘制"寿屏"进京庆祝，得太后嘉许，故赐御笔"寿"字。王亘诚惶诚恐将其刻在高约三米、宽逾一米的石碑上，并在南山半腰修筑"同善堂"竖于堂中。后"同善堂"被毁，"寿"字碑隐迹多年，直至"大小洞天"恢复开发后，"寿"字碑又重归原处，竖立在半山腰。碑旁的巨石上还新增加了中国佛教协会会长赵朴初所题写的"南山"二字石刻，再往上十几米更是一大片蓊蓊郁郁的南山"不老松"——龙血树，有的树龄已达六千多年。蓝天云山、鳌山仙峰、林木葱茂、碧海凝空，加之慈禧赐"寿"、赵朴初题刻"南山"、自然造化"不老松"，"寿比南山不老松"景点浑然天成。此处集聚着大拨游人，他们排着长队按顺序在"寿"字碑和"南山"石缝隙间拍照，情侣们搭肩踢腿做成"比"字状，拍下碑、石、人连成的"寿比南山"实景，祈愿百年好合、地久天长。

从"小洞天"返回，来到广利龙王别院，院前小广场上已经站满了人，但祭海尚未开锣，我乘隙进院去参观，只见院堂正中供奉着一点九米高的南海"广利龙王"原身像，龙王身穿龙鳞金甲，肩披龙纹披风，手扶镇海宝剑，足践双蛇，迎风伟坐于海心浪涛之巅，遏邪扶正、制妖镇海、佑护南海安定吉祥。因兴趣所致，我又顺着院后的山径攀登，向"独占鳌头"处进发。穿过一片"不老松"，走过一条窄小的绳索，沿着"百岁阶"蜿蜒拾级而上，约登三百级石阶终于来到了鳌山之巅，只见齐天而立的石壁前供奉着一尊巨大的铜铸"中华第一神鳌"，巨鳌探海，气势冲天。南山古称鳌山，为南海巨鳌化身而成，而此处是鳌头所在，石壁上巨幅摩崖石刻"魁星点斗，独占鳌头"被涂得朱红飞喷。四周树木苍劲，直指苍穹，莘莘学子在巨鳌周围挂满了许愿红绸，祈求金榜题名时"独占鳌头"。"广利龙王"和"六鳌神话"使南山大小洞天更富有灵气。

　　十点许，天光照水，海色潋滟，山下鼓乐喧天，祭海已经开锣，我快步下山迅速赶到龙王别院小广场，周围已经挤满了人，尽管安保人员设置了护栏，但挡不住涌入的人群，我也乘虚进入场内。小广场周围靠着院廊环竖着历届祭祀南海龙王的巨幅"祭文"，广场中央腾出一小块空地，临时设置的祭坛上摆放着各种奇果珍品，在一面龙旗、六面侯旗之下，法师、道士祭拜天地龙王，诵读祭文、偈文，并率领诸嘉宾向南海龙王行大礼，分批向南海龙王献花，让人耳目一新。广场周边，人们踮脚、翘首，或站在石阶，或立在楼亭，或爬在树上，目睹祭海盛况。不远处的民俗庙会现场不时传来朗朗儿歌："二月二，新雨晴，草芽菜甲一时生；轻衫细马春年少，十字津头一字行。""二月二，龙抬头，天子耕地臣赶牛，正宫娘娘来送饭，当朝大臣把种丢，春耕夏耘率天下，五谷丰登太平秋。""二月二，龙抬头，风雨顺，泽四方；五谷丰，鱼虾肥，果飘香，粮满仓。"歌声清脆悠扬。海面上，数百渔舟齐聚，船上彩旗飘飞，锣鼓声声，欢呼震天，山海互动，祈愿连绵。

　　二月初二龙抬头节的习俗缘于祈求农业丰收与百姓平安。因此时正值"惊蛰"前后，春回大地，雨水季节即将来临。俗话说"龙不抬头天不下雨"，人们希望通过龙抬头节祈望神龙抬头，兴云化雨，滋润万物。在中华民俗中，龙是祥瑞之物，主宰风雨。人们祈望神龙抬头，保佑新的一年风调雨顺，五谷丰登。祭龙应是龙抬头节习俗的核心，南山文化其实就是

第一辑

如画海南

中华龙的文化,而小洞天祭典,既祭龙王也祭南海,皆因附近住着几十万渔民,他们的安危令康奎后人不无牵挂,于是将祭龙和祭海融为一体,完美地展现出天地人和、以人为本的执政理念。这种理念延续至今更是不断创新,把龙抬头节和中华民俗融入南山本土民俗,以庙会的形式重推民俗艺术表演、服饰展示、海南小吃等,集中展现南山本土民间艺术与习俗,展示南山独特的文化魅力,使龙抬头节真正成为南山传统的民俗盛会,这就是小洞天祭海的真正内涵。

心诚则灵,龙王抬头,天遂人愿。南山祭海大典尚未结束,天空忽然布满云层,南海龙王兴云作雨,把甘霖洒向了南山,洒向了南海,现场信众们仰天惊呼,海面上渔民们欢呼雀跃,民俗庙会的演员们擂鼓助威,把祭海活动推向了高潮。

春雨贵如油,人们振臂欢呼,祝愿新的一年风调雨顺,福满南山!

"呀喏哒" 奇观

国庆期间,我和朋友S君相约到"呀喏哒"景区游玩,走进热带雨林去领略沙滩海水外的另一番风情。一进景区大门就看到马路两旁挂满了图文并茂的广告条幅,宣传其"六大奇观"——空中花园、藤本攀附、植物绞杀、老茎结果、附生、根抱石等,一幅幅生动逼真的图片映入眼帘,萦绕于脑海之中,成了我们的游览向导图。

"呀喏哒"本身就是一座热带森林公园,一个南国大花苑。走进景区你可看到满山的热带乔木、灌木、藤本植物以及芭蕉翠竹、槟榔绿萝……伴着幽谷深潭暗流清溪,杏黄柳绿姹紫嫣红满园皆春。中平树、水锦树、银叶树、刺桑树、阴香树、梭罗树,这些你连听都没听过的树木在景区里应有尽有,就连黑桫椤这种国家一级保护濒危树种在林中也可见。还有红椿、黄桐树等国家二级保护树木,均是名贵木材,它们也居于山中悠闲自得。在"梦幻谷",有一棵海南仅此一株的蝴蝶树虽被拦腰折断但已长出新枝生机勃发。"鸟巢蕨"是与恐龙同时代的植物,恐龙已经灭绝变成化石而它依然生长在热带雨林之中,成为侏罗纪植物的"活化石"。高山君子幌伞枫、重阳木脱颖而出擎起一片片碧空,染绿一片片白云。导游向我们介绍,要是你三月份来,满园攀篱附枝的炮仗花,清高自傲的木棉花,喷火吐焰的凤凰花,四季常开的三角梅以及许许多多不知名的花儿一团团一簇簇在林中怒放,从空中鸟瞰俨然一座"空中花园"。

在"呀啫哒"随处可以看到藤本植物,老鼠藤、蜈蚣藤、过江龙、满身长刺的买麻藤,还有全身光滑最长可达五百多米的白藤,是目前世界上最长的藤本植物。这些藤萝犹如老鼠、蜈蚣到处蹿跳,更似瘦小蛟龙攀树过涧,它们缠绕在各种大树上,紧紧抱住树干千回百转绕树而上,互不相让争高斗青,以致出现了"藤本攀附"的奇观。而"植物绞杀"展现的则是大自然的残酷无情。最可怕的"刽子手"要算高山榕了,它的果实被小鸟吃后随着鸟粪落到别的树上发芽、生根,并很快发育成树,它把主根伸入地下再生侧根像钢索那样把主树死死捆住,使其得不到阳光、水分和养料慢慢枯萎死亡,其绞杀之凶残可谓"挖空心思"!还有,几根野藤合伙绞死一棵大树后,在枯枝朽木上爬满藤条叶蔓,炫耀着胜利者的辉煌。然而,"病树前头万木春",藤蔓只不过是崇山峻岭中的"绊脚石",永远也阻挡不了绿浪奔涌的滚滚洪流!在"梦幻谷"我们看到了许多藤萝缠绕在一棵黄葛榕上,而那棵榕树倔强向上、势不可挡最终长成一棵根深叶茂遮天蔽日的参天大树,任尔八面绞杀我自岿然不动。自然无情人有情,

第一辑
如画海南

到"梦幻谷"旅游的情侣成双结对在大榕树上挂满风铃留下心语,微风吹来叮咚作响,鸣奏出百折不挠白头偕老的爱情心声。

"老茎结果"在海南是一种奇特的景观。杧果、莲雾既在枝梢结果也在茎上结果并不鲜见,波罗蜜的果实结在茎上甚至结在根上更成为黎家美谈。经常有人在茅草屋中闻到果香,在床底下的波罗蜜根上抱出熟透的波罗蜜果,这意外收获预示着这一家子夫妻爱情甜蜜,"财丁两旺"。出于好奇,S君四处寻找,欲在山中觅到天然"老茎结果"的景致,但导游对我们说,热带雨林中夏季的果实最丰硕,那时你再来不仅可以欣赏到这一奇观,还可以听到满山遍野昆虫呢喃,低谷鸟语,涧溪蛙鸣组成的美妙音乐。

"附生"就是一种植物附生在另一种植物上,这种现象在"呀喏哒"随处可见。高高的苦楝树、桃榔树上常常挂着许多小叶榕树似的"寄生树",青翠欲滴翁郁一片天地。我和S君来到"兰花溪游览区",这是热带雨林中的世外桃源,一丛丛兰花草,高山兰、紫娟兰、吊罗兰……"附生"在各种大树上幽雅别致,大树底下溪水潺潺、海芋滴翠、芭蕉垂碧、青竹幽幽,还有茅草屋旁圈养的大蟒蛇, 派自然和谐的景象让人流连忘返。沿着小溪攀缘而上,我们又来到一颗重阳树旁,欣赏着比树干大十几倍足有两米高的树头,像一只哈巴狗蹲在那里守护着那棵树,而树根却伸出十几米远横躺在小溪流中仿佛一个美女孕妇在水中沐浴,空灵活现。有人认为这树头树根原属于别的树种,而重阳木是"附生"树,后来喧宾夺主灭了主树霸占了美女树根,游人到此无不驻足凝视叹为观止。

在离服务区不远的地方,有一棵巨大无比的对叶榕,形如巨伞铺天盖地,树根将中间的巨石团团抱住,这是热带雨林典型的"根抱石"。这棵大榕树高约四十米,树龄超过一千年,树下几十立方的巨石被大榕树庞大的根系团团抱住,就这样撑起了一片天地。在历经千年的风风雨雨后,整棵树和巨石几乎融为一体,树根的错综复杂,树干的枝繁叶茂都堪称是大自然生命的奇迹。而真正能体现这一生命奇迹的地方却在"根石雨林区"，那是"呀喏哒"的最高峰，到了这里才真正体会到"无限风光在险峰"的意境。大树底下到处都是根到处都是石，"根抱石、石生根"，盘根错节石头如垒。导游向我们介绍说，这里曾经发生过地壳运动，原始的石山被撬碎，形成了现在层层叠叠神形各异的石，其中有一块"中国石"活灵活现像一幅中国地图。

我们沿着下山栈道来到景区中的"船形屋"前，两棵高大茂盛的连体千年夫妻树——"黄葛榕"，树根自然交叉形成一道拱门，树冠茂盛如屋，一对对情侣争相在此亲吻拥抱拍照留影，羡煞了我和S君，为此我们感叹大自然"六大奇观"后面鲜活的人文景观更是绚丽缤纷奇妙异常！

啊，蜈支洲

蜈支洲位于三亚市海棠湾国家海岸对面的海面上，距离海岸线不足二十里。远远望去，蜈支洲仿佛坠落在海面上的一块翡翠，在浩浩渺渺的大海里翩翩浮沉，充满着旖旎与神秘的色彩。

我有幸陪客人上了蜈支洲岛。从码头坐上快艇，在汹涌而又宽广的海面上，快艇时而把人抛向浪尖，溅起一声声惊叫；时而把人推进深谷，将心脏提到了嗓子眼；时而又冲过滔滔巨浪在一片蔚蓝中行驶，把人带进了梦幻般的境界。啊，蜈支洲！这个曾经陌生、令人望而生畏的神秘小岛，如今却以灿烂的阳光恭候世界各国的游人。岛上到处人头攒动，言语各异；到处鲜花盛开，芳艳欲流；到处蕉风阵阵，椰雨蒙蒙，海鸟与绿树环绕；

第一辑
如画海南

树上果实串串肥硕垂地,到处散发出甜蜜和芬芳;曾经望穿秋水的"望夫石"已经不再孤独,多少花枝招展的女郎簇拥着在石上留影……

我坐上电瓶车环岛旅游,深深地爱上了这片绿岛。一块块突兀的礁石千奇百怪,引来层层叠叠的浪涛;潮涨潮落,引来无数螃蟹在磊头上爬走;一片片热带雨林葱葱郁郁,引来无数鸥鹭在枝头引颈;低矮的山头绿荫如蓬,阵阵轻风吹拂,声如涟漪;洁白得闪闪烁烁的沙滩,每一粒晶亮的沙子像一颗颗细小的珠钻,折射出耀眼的光芒;还有苍翠的椰林、袅娜的槟榔,摇摇曳曳拂绿了一片浅海……啊,蜈支洲留给我的是明净、纯洁、世外桃源般的梦境!

我尝试着去潜水,深深地爱上了这片海洋。我做的是岸潜,穿着一身潜水服、水鬼似的背着氧气瓶在导潜员的引导下缓缓下潜,透明的海水把海岸边的景物装进了我的潜水镜,千姿百态的珊瑚树珊瑚石,摇摇摆摆的软体动物,在海边穿梭的鱼群把我带进了色彩斑斓的世界。我嫌岸潜的时间太短不过瘾,上岸后又坐着半潜船畅游海底,通过船舱玻璃观看更加神奇的海底世界。五彩缤纷的礁石,五颜六色的鱼群,五花八门的螺贝,五光十色的海藻,如同在巨大的鱼缸里浮游,海水清澈得可以看到鱼儿闪动的嘴唇……啊,蜈支洲留给我的是一首斑斓、深邃、震撼心灵的乐章!

我在码头边的沙滩上晒太阳,深深地爱上了这片沙滩。洁净细小的沙粒白得出奇,叫人难以置信。我将身体埋进绵绵柔柔的沙子里,看着蓝天上的悠悠白云,一阵阵清凉透彻心胸,让我感到周身舒爽。我孩子似的用双手掏沙玩沙垒沙堆,掏出的是一捧捧晶亮,垒起的是一堆堆珠钻。我沾满沙粒的双手闪闪烁烁,阳光一晒细细碎碎地飘落,只要轻轻一拍就像洗过一样,没有留下任何痕迹。我想,哪怕是走遍世界各个角落,也找不出蜈支洲那样洁净柔白的沙滩……啊,蜈支洲留给我的是一曲纯净、柔婉、缠绵的海上恋歌!

我站在海边的礁石上遐想、沉思,深深地被蜈支洲的历史所感动……

岁月艰难,不堪回首。不知多少远海的渔船在暴风骤雨中沉没,不知多少守候的妻女在漫漫长夜里枯肠欲断。为了拉近与亲人的距离,她们划着木排与风浪搏斗来到了蜈支洲岛,可见到的却是南海海面上乌云滚滚,迎来的却是"望夫石"上狂风呼啸!

雨过天晴,红旗飘扬。一支坚强不屈的部队守护着这片祖国的海疆,他们克服重重困难在岛上站岗放哨,每块石岩都刻写着战士们捍卫海岛的忠贞誓言。他们在岛上筑灯塔修航标,为渔民出海指明航向,保护渔民平安归来,每一颗椰树都蕴藏着军民的鱼水深情!

春潮滚滚,鸥展天涯。敢吃螃蟹的拓荒者把游艇开上了蜈支洲岛。山头葱翠,海水清悠、蓝天白云。原生态、无污染、深绿色、阳光岛,神秘而又浪漫。蜈支洲成了海南国际旅游岛百花丛中的一枝奇葩,每天吸引着成千上万的游人上岛观光。谁来到岛上都会被蜈支洲的美丽所诱惑所感动。这缥缈的海岛,就像远方的情人寄来的一块素白的留有余香的手帕,让人沉浸在甜蜜与思念的幽谷之中……

尖峰散记

雾走尖峰

惊蛰过后,海南南部开始进入夏季,高温超过了三十摄氏度。三月十日这天,似有冷空气南下,气温骤降了几度。我们几个人在黄流吃了福哥

第一辑 如画海南

老鸭，就往尖峰赶。约半个小时来到尖峰岭国家森林公园门口，此时天变得灰蒙蒙的，空中飘着细细小小的雨点，大家开始感到丝丝冷意。

办完入园手续，我们的车子向海拔一千四百米的主峰进发，才拐几个弯山中雾气忽然卷起。不久，整个尖峰岭就被淹没在雾海里，苍翠的峰峦顿时成了雾茫茫的海洋，大家的心情骤然紧张沉重起来。我叫司机开启雾灯，但能见度只有几米，山路狭窄，山道崎岖，九曲十八弯，路边是悬崖千丈，路面被淋得又滑又溜，随时都有滑进深渊的危险。上山的路只有一条，下山的车不时开来，险情可能就在瞬间发生。怎么办？因路窄调头又调不了退也退不下，大家只有屏住呼吸，咬紧牙关继续前行。

人在危急的时候，最需要的是冷静、勇气和胆量。我劝司机不要慌，把心放在路上，牢牢把握方向盘，同时鼓励大家保持乐观、冷静、顺其自然。车子沿着唯一可以看到的路中间白色分隔线缓缓爬行，不时有几辆下山的车呼啸而过，把大家的心提到了嗓子眼。偶尔看到路边几片朦朦胧胧的绿叶，仿佛又把大家的心带进了缕缕春风里。

越往高处走，雾越来越重越来越浓，山顶白茫茫的一片，看不到前面的路，只看到雨点弹起的与雾气不同的水花，司机几乎是凭着感觉开，以车轮的响声来判断路面。我一向认为自己是一个懦弱胆怯的人，而平生第一次穿行雾海于天险之间，竟是那样从容淡定泰然自若，令我感到欣慰与自信。我想，无论遇到任何艰难险阻，只要从容应对、镇定自如，就没有攻克不了的难关。人生就像爬坡，拐弯、前行，又拐弯、又探索前行，一路攀登才是生命理想的最佳抉择！

车子终于翻越主峰，浓雾渐渐散去，天池出现在眼前，大家的心情像绿波一片，一湖碧水在心中荡漾，那涟漪绵延着胜利的喜悦。雾走尖峰，这是一次难得的人生历练，它让我感到雾并不可怕，可怕的是惊慌失措。

夜宿雨林谷

从天池再走十几公里来到了雨林谷国际养生度假村,该度假村建在尖峰岭国家森林公园三大景区之一的雨林谷旅游区内,海拔约七百米。整个度假村沿沟鲶溪而建,上临子京瀑布,下依天池河,沟壑纵横,到处是奇峰险隘,奇树异木,怪石嶙峋,流水淙淙。

我住在第七栋小木屋。这是一间三角形的小套房,房间设备齐全,有电视电话、茶几沙发、办公台,还配有热水洗浴。屋顶上面加盖了一层葵叶,既保护木板又遮光避暑,保持四季凉爽。屋外流水叮咚,日夜不息。庭前垒有一口小塘,放养几尾金鱼,人一走近活蹦乱跳可爱极了。屋旁尽是些热带雨林,人工兼种几棵槟榔、荔枝,翠色环绕一片清凉。坐在屋里推开窗户,观绿色听鸟鸣闻花香,那心情便像流水般舒畅,都市的喧哗顷刻抛之脑后。

走出房间,踏着碎石路走五十米就到一个不大的池塘,其实是人工筑坝而成的,塘中有一小岛建有八角凉亭,池塘与平地通过木头搭建的廊桥连接,池塘上游不断有水注入,周围筑有小水槽分流池中溢出的水。池中许多青莲,间或少许睡莲,有些在水中浮游,更多的是聚集在岸边依附着花草树木。看倒影中的浮莲,让人想起朱自清《荷塘月色》中的景致:"这是一条幽僻的路,白天极少人走,夜晚更加寂寞。荷塘四周长着许多树,翁翁郁郁的。"眼前水中这些浮莲,既似古树上长出的新嫩,又如新枝上冒出的绿灵芝。那清澈的池水鱼戏涟漪,那清脆的蛙鸣深谷回转,那生机勃然的意境,伴着细雨犹如倾听喷泉音乐,沁人心脾,醉人肺腑。

过了池塘再往高处走一百米就到了中华鲟养殖区。鲟鱼是与恐龙同时代的活化石,有着"水中大熊猫"的美誉。这里是中国最南端规模最大、技术最先进,完全实现天然养殖的冷水系鲟鱼养殖基地。只见大大小

小几十个池子集中在一块草坪上,池中养着不同年龄段的鲟鱼,一大群一大群的,形状似鲸鱼又像鲨鱼,鱼身上的格斑远远看去像飞机的舷窗,黄白相间可爱极了。鲟鱼具有较高的经济价值,鱼肉、鱼骨、鱼子、鱼皮全身都是宝,鱼肉、鱼子是高级滋养补品,鱼骨素有"鲨鱼翅、鲟鱼骨,食之延年益寿、滋阴壮阳"之说。鱼皮更是皮革制品的好材料,其柔韧性、耐磨性可与鳄鱼皮相媲美。晚上,我们在度假村用餐,吃的就是用鲟鱼做的菜肴,那种鲜美爽口的感觉给人留下难忘的记忆。

我喜欢独处。晚上雨林谷细雨蒙蒙,灯火阑珊。我又来到池塘中的小岛,独自坐在八角亭里,没有月光,山里的夜静得出奇,周围除了流水,偶尔几声蛙鸣,把人带进了自由畅想的世界。人来到世界上究竟为了什么,争夺、倾轧、攫取、霸占,一生累得焦头烂额,何苦? 到头来,问君能有几多愁,恰似一江春水向东流。倒不如,独处小岛,闭上眼睛,风轻云淡,笑傲人生:白发渔樵江渚上,惯看秋月春风。一壶浊酒喜相逢,古今多少事,都付笑谈中!

沟谷寻踪

早晨起来,细雨和薄雾给苍翠的山峰披上了轻纱,沟鲶溪似一条下凡的仙龙穿过原始森林奔流而下,溪水晶莹剔透,玲玲谷响。难得一份好心情,于是与同来的几位同事打着雨伞沿沟溪探幽,寻踪觅趣。

雨林谷度假村在沟溪边搭建了栈道,弯弯曲曲,时而向上时而往下,我们一路有说有笑观赏着沟谷里的景点,青梅瀑布、紫金瀑布、龙血瀑布……因雨季还没到来水流不急,瀑布只是一个落差,一种感觉而已。而那猿头石、如来石、莲花台倒是空灵活现,它们横卧沟溪守望着这片蓝天。看到山上果实累累的"白仙果",使人猜想孙悟空是否也到过尖峰,摘取"仙果"献给观音菩萨和如来佛祖,使如来、观音化身永驻? 那溪那石、那树那果,承载着千百年来道不尽的传说……

沟溪里还有恐龙蛋化石景点,谁也无法考证恐龙是否在尖峰岭活动过,根据板块漂移理论,古生代后期海南与华南同属一个地质板块,从中生代开始大陆板块裂变漂移才把岛屿分开。恐龙主宰地球的时代是在中生代,恐龙是否在板块裂变前就已经在尖峰逍遥不得而知,但一叠一叠的恐龙蛋化石却烟尘未灭神形兼备遗落在沟谷边,让人遐想。而且在恐龙蛋化石的附近竟然有一段"金沙滩",粗糙又不失洁白的沙子又为恐龙温情而浪漫的生活添加了一个注脚。

观音也好,如来也罢,就当作心中善行的一盏明灯。而在尖峰真正感悟的是时代的变迁,人类在改造自然克难制胜中表现出的恐龙无法比拟的超强活力。因生长在尖峰脚下,祖辈们曾经望峰兴叹。曾几何时,多少百姓为讨生计,攀崖过洞上尖峰采灵芝、觅沉香,在悬崖绝壁留下无数尸骨。而如今,天堑变通途,天池边、沟谷旁建起了宾馆酒店,一时间千山万壑被弄得风生水起。站在尖峰之巅放眼四顾,无不让人感慨:"天若有情天亦老,人间正道是沧桑。"

烟雨沉思

时隔半年,正值中秋之际,我再次来到尖峰天池度假,入住天池桃园酒店F栋。这是一栋纯木结构的别墅,在池心岛上傍水而建,亭台楼阁伸出水面,屋顶为红色瓷片,其倒影成了童话中的红房子。整栋建筑四周为白色边框,门窗也为白色玻璃钢架,墙体为紫黑色,红黑白相间,高低错落,别有一番异国风味。

来到天池明显感到山上山下、山里山外完全是两个天地。老家利国镇与尖峰岭相隔不到三十公里,在利国镇闷热得无法午睡,到了这里房间里虽没有空调,却凉得短袖穿不了。本来路上已有倦意,入住后意欲小憩

片刻，但一趟下来尖峰总在脑海里萦绕，于是索性爬起来想把尖峰看个够，而恰恰这时尖峰周围骤然云遮雾绕，偌大的天池升腾起层层雾气，顷刻间一阵小雨"噼噼啪啪"下了起来，烟雨茫茫雾天一色。好在房间里有把红雨伞，于是独自打起雨伞走入屋后的观景廊台。

站在廊台上向西望，海拔一千四百一十二米的尖峰就在眼前。上次到尖峰因雾大没有看清它的真容，而此刻尖峰虽笼罩在烟雨雾色之中，但因近距离接触，其威武之躯、挺拔之躯依稀可见。自古尖峰就有"南海仙山"之美誉，有道是"情由境生，境由心移"，面对南海仙山，情感因景观变化而生发，物象也随着心境而转移。在群山连绵烟雨苍茫中，在十里天池烟波浩渺里，整个天池宛若一片雾海，雾海上高高翘起的尖峰，侧面像一把巨斧砍向天际，威震南天。正面更像一只离开水面的巨豹，头向着苍穹扑腾奋进不已，我喜欢这只"巨豹"。两翼隐约可见的山岭既像巨豹的脊梁，更似巨豹渐起的波浪，一浪覆过一浪，一浪高似一浪。

因尖峰在南海之滨，想着祖国的广阔海疆，于是越看尖峰越觉得它像只腾空而起仰天长啸的巨豹，像个屹立在南海之滨守卫祖国海疆的忠诚卫士、巨臂岗哨！

听，林涛在怒吼；看，雾海在翻腾。尖峰这只"巨豹"越腾越高直指苍穹，它似乎要向南海问话，让老天爷作证，我中华民族的固有疆土，决不允许强盗窃取！尖峰这个巍然屹立的巨臂岗哨，似乎在向南海宣誓，中国领土和主权神圣不可侵犯，海疆卫士坚决捍卫、誓死守护！高山在回应，大海作和声！

雨渐渐地停了，浓雾慢慢散去，天空猛然清亮起来，尖峰顶上裹着一片红云，在阳光照射下殷红如血，中华儿女碧血丹心苍天可鉴！山岭越来越清晰，巍巍尖峰这只腾空而起的"巨豹"，用它长满胡须的巨嘴咬住天际，牢牢定格在南海碧空上！

天池新说

　　尖峰天池在海拔一千四百多米的尖峰岭上。不来尖峰也许就想象不出在这高山峻岭上竟然会有偌大的一片池水，方圆几千亩纵横十几里水深几十米。我去过杭州，在那里有个西湖，以其湖光山色与人文景观闻名于世，号称"人间天堂"。西湖之妙，妙于湖裹山中，山屏湖外，湖和山相得益彰；西湖的美，美于晴中见潋滟，雨中显空蒙，无论雨雪晴阴皆能成景。天池的景色也皆如此：晴天池水潋滟，雨天空蒙一片，无论阴晴雨雾尽成佳景。更有甚者，池边青山环抱，树木葱茏，群山倒映，池在山中，山在池底；山中鸟飞禽鸣，莺啼声声，池边酷暑不侵，严寒不降，四季清凉，也可称得上"人间天堂"。天池的底色是蓝天云山、青峰秀水，不亚于西湖的山水，所缺的是人文景观与文化底蕴。

　　我家住在南海边尖峰岭脚下，自小就熟听南海观音挑土筑堤护民，扁担折断落土成山的传说。不久前，陪客人游南山观音广场，拜读了著名辞赋家高志其所作《观音赋》，其中所记述的传说是："相传远古，此地无山，潮势汹涌，浸漫而来，毁田摧屋，淹溺人畜。菩萨闻声降下云端，现力士身，挑土筑堤，令金鳌化为南山，遂阻水势……"这说明观音筑堤的传说流传已久，几乎家喻户晓，乃至"百姓感德，户户供奉观世音"。观音长居南海，是个救苦救难的菩萨，挑土所筑之堤不应仅仅是在鳌山，而应以鳌山为中心，东起陵水的吊罗山，西至乐东的尖峰岭，包围整个南海区域，形成整条南海屏障，以保护南海之滨黎民百姓免遭水患，这才符合观音菩萨的德行义举。现已得知吊罗山与尖峰岭两座山岭的高度几乎相同，吊罗山海拔近一千五百米，尖峰岭海拔一千四百多米。因此，传说中观音扁担折断、落土成山指的应该是尖峰岭和吊罗山。"掉箩"海南话是箩筐掉落的意思，与"吊罗"谐音，后人为书写方便将"掉箩"写成"吊罗"。传说中

的情景应该是这样的：大堤已经筑成，观音菩萨为了加固它，挑着满满一挑土从天而降，突然扁担折断，稍重点的一头掉下成了"掉箩"山，稍轻点的一头掉下成了尖峰岭。同时，稍轻一头的扁担翘起，挑落了观音身上的一颗佛珠，那颗佛珠璀璨不已，飘落下来便变成了波光粼粼的天池。

自此，天池便成了鳌山（三亚南山）的后花园，成了观音菩萨洗浴的处所。而吊罗山也因景色妖娆，常常引来"七仙女"下凡，并在此流连忘返，使其成了名副其实的"仙山"。因尖峰岭与吊罗山同为观音"掉箩"而成，后来人们把尖峰岭混同为吊罗山，并称其为"南海仙山"。其实，尖峰岭并非仙山，而是佛山，是观音常临之地，而天池是观音真正的浴池！因此，应当给尖峰岭上的尖峰与天池正名，分别称之为"观音峰"与"观音池"，以还其传说中的本来面目。所谓"境随心移"，我在天池桃园酒店住了一晚，眼见这里景色变化与我对传说的解读有诸多机缘巧合之处。中午时分尖峰岭上碧空如洗，天池水清如镜。到了下午申酉交替之时，天池开始起雾并向四处扩散，继而尖峰岭上云遮雾绕。此时，天空飘起细雨，天池薄雾如烟似轻纱覆盖，朦朦胧胧再也看不到水中倒影。一股股凉意从池中袭来让人感到浑身清爽无比，这分明是观音菩萨在池中沐浴！约莫一个时辰后，细雨骤停，薄雾逐散，天空云开雨霁，尖峰顶上飘来一片祥云，抹着落日的余晖向南山方向移动，天池中一阵轻波升腾，观音菩萨驾着祥云缓缓而去……

如今，三亚已经借助观音传说开辟了南山旅游文化区，在海上竖起了一百零八米高的"三面观音"，既圆了观音菩萨长居南海的宏愿，也圆了海南百姓家家供奉观音菩萨的心愿。同时，三亚打响了观音文化旅游品牌，形成了观音旅游热。吊罗山所在地的保亭也借助了作为三亚后花园的优势，打造了吊罗山"七仙岭"旅游品牌，使保亭逐渐走向世界旅游的大舞台。因此，作为尖峰岭所在地的乐东也要急起直追，与三亚联手借助南山佛教文化旅游，做大包括"观音峰"、"观音池"在内的大佛教文化旅游圈,让客人既能在南山感受观音居所的热闹,又能在尖峰岭体验观音浴池的清净,让客人在游完南山寺、观音广场后,再游"观音峰"、"观音池",完完整整地把观音的灵气带回家。心诚则灵,游完南山、尖峰的人定能福禄常临,尽善尽美。为此,建议乐东县组织专家重新研究尖峰,研究观音文化,在"观音池"(天池)边竖立观音佛像,在"观音峰"(尖峰)脚下建设"观音刹"(或观音庙),并继续扩展天池周边的旅游基础设施,改善尖峰周边的旅游环境,大力鼓励和组织文人骚客到尖峰写诗作文题词,写出更多赞美"观音峰"、"观音池"的名篇名句等精品力作,加快培植文化根基和人文底蕴,以文化引领旅游,把到三亚旅游的客人吸引到真正的观音峰、观音池来,做大做强乐东旅游。

瞻仰毛公山

在毛泽东诞辰一百一十九年之际,偕友人到乐东县保国农场,专程去瞻仰毛公山。我们从三亚南山景区出来,穿过国有南滨农场,与宁运河搭肩而行来到了大隆水库,在那里稍事停留,欣赏一下水坝风景及湖光山色。也许是进入枯水期的缘故,大隆水库没有想象的那样雄奇,水位低于最高水位线很多,四周山脚都露出了光秃秃的痕迹。水库就像一个羞答答的姑娘,静静地躺在山坳里。

离开大隆水库,沿着弯弯曲曲的山路,穿过几道山梁再走十几公里,就到了新修的雅亮大桥,那里的景致别有一番"高峡出平湖"的味道,大

桥底下一大片水面,碧绿浩渺、深远幽静。我不禁走下车来,扶着桥栏放眼远望,四面青山苍翠,河床博大开阔,海南五大河流之一的宁运河由天边而来又向天边流去,河水潺潺沧沧成了大隆水库的源头。听说因为修大隆水库,原来的雅亮乡政府所在地已被淹没,附近的村民已被移至高处妥善安置,桥下水的深度可想而知。观这里的水势,才感觉到大隆水库的奇远与大气,不像大坝前的灰姑娘而像一个奔跑的壮汉,日夜奔走于千山万壑之间。

从雅亮大桥上往东眺望,远远就看到了毛公山,其北部最高峰"保卡山"因与延安的宝塔山在海南话中同音,也被称为"宝塔山"。据当地老百姓介绍,不仅"保卡山"与"宝塔山"谐音,毛公山周围还有许多与毛泽东及其毛泽东思想巧合的地名。如,东面有"东方红村",寓意"太阳升起的地方";南面有"从共村"、"抗美村",寓意"跟共产党走,抗美援朝";北面有"大炮村"、"解放村",寓意"武装夺取政权,解放全中国";山前有"保国农场"和"保国村",寓意"保家卫国,守卫南疆"。这些地名,村名都是在发现毛公山前就已经存在,令人叹为观止。

雅亮大桥两边山脉连绵,与毛公山连为一体的群山更像一条巨龙,飞腾起伏甚为壮观。宁运河流经毛公山,让人想起了中国革命圣地延安,想起了宝塔山下面的延河。毛泽东正是在延安,系统完整地阐明了新民主主义革命的理论,揭示了中国社会的性质,中国革命的对象、动力、步骤、策略方针和前途,由此实现了党和人民军队的力量从小到大,由弱变强,为夺取抗日战争和新民主主义革命的胜利打下了坚实的思想基础。

离开雅亮大桥不远,就到了保国农场毛公山景区。我们到时是上午十点多,景区里没人,管理员说此时山体背光观瞻效果不理想,最佳瞻仰时刻是下午四点钟以后。但我们还是抑制不住内心的兴奋进入了园区。园区前有幢小楼,楼前有棵大树高十几米铺天盖地,虽时值深秋树叶稀疏,但其树枝繁密树冠庞大,站在树底下仰望天空,蓝天白云里一片茫茫苍苍的景色,不禁让我想起毛泽东"怅寥廓,问苍茫大地,谁主沉浮?"的诗句。青年毛泽东正是面对茫茫大千世界,发出了谁主沉浮的感慨,立下了"拯救国人,舍我其谁"的豪情壮志。看着这棵大树,更是让人进入了毛泽东宏大的思想境界……

穿过这幢小楼就进入了观瞻园区。整个园区近百亩,布局十分严整,遍地都是绿草黄花点缀。园区中央开辟出横竖两条小道,道旁栽满了青翠碧绿的松柏。园区南面安放着用花岗石雕成的毛泽东坐像,坐像后面是一片厚实的红叶,在阳光照耀下满地生辉;西面是仿古代城楼建造的观瞻台和毛公山文化长廊;正东面矗立着用青铜铸成的毛泽东站像,在毛公山背景的衬托下显得庄严高大;站像后面还建有敬拜堂正对着毛公山,以方便当地百姓和前来观瞻者敬拜"毛公"。因时间尚早,并且阳光强烈,我们先行参观了文化长廊。长廊在观瞻台下方,有一百多米,墙壁上挂满了诸多名人、包括毛泽东家人观瞻毛公山后留下的墨宝:"高山仰止"、"天下神奇,中华绝境"、"神州奇观,巨石神人"、"天造神奇,千秋伟业"、"乐东卧巨灵,天骄镇乾坤"、"毛公卧神州,东方太阳红"、"伟大思想传万代,天公造型永流芳"、"天地不变,伟人永存"……既显真实又充满激情,让人感慨万千!

从文化长廊出来,时值正午太阳高悬,当我们来到敬拜堂前的最佳观瞻点时,头顶忽然布满厚厚的云层把太阳遮挡住,毛公山被笼罩在阴影之中。我几次站到敬拜堂前的小观瞻台上都没有拍到最佳效果。此时,我想起了文化长廊里介绍的"义演奇观":一九九三年十月,为了纪念毛主席一百周年诞辰,毛主席的女婿孔令华率领中央一批老艺术家前来毛公山义演,刘玉玲、刘秉义、高玉倩、田华来了,毛主席的女儿李敏、李讷、儿媳邵华、孙子毛新宇、曾孙毛东东也来了,到场的观众达三万多人。下午四点,演出开始前天空晴朗、阳光强烈,演出一开始广场上空忽然乌云密布,显得特别阴凉,让观众舒舒服服地观看演出。演出快要结束时,当毛

泽东主席的扮演者赵广彬用恢宏的湘音高呼"人民万岁"并向毛公山瞻望时,也不知从哪来的阳光把毛公山照得一片金亮。

于是,我怀着崇敬的心情走进了敬拜堂,请了三炷香正对着毛公山深深鞠了三次躬。从敬拜堂出来,忽然看到阳光从云层上面斜照在毛公山上,毛泽东的头像清晰而逼真地展现在眼前,发型、额头、脸庞、鼻孔、胡须、嘴唇、下颚以及那颗黑痣……活灵活现简直真人一般,太神奇了!"天下第一伟人山"——毛主席仰卧苍穹,仪态安详,形神兼备,山体造型仿佛让其身上覆盖着一面党旗,更加出神入化。我站上了小观瞻台连拍了几张照片,把毛公山全景摄入其中。当我们走出园区时,天空又恢复了明净,艳阳高照,碧空万里,蓝天下的毛公山更加雄伟壮观!

游霸王岭,品人生"三道"

三八节我和爱人与单位女职工去了一趟霸王岭,我们是游完儋州的"石花水洞"后才去那里的,到下榻的"雅加度假村"时已是掌灯时分,虽慕名而来久有游览之意却因旅途劳顿身不由己,一到那里扔下行囊倒头就睡了。

我们住在丛林掩映的木屋别墅,天还没亮林间小鸟就迫不及待地将我们唤醒。我一骨碌爬起来打开房间里配置的电脑,上网查阅最佳游览线路,霸王岭上的三道景观:"情道"、"霸道"、"天道"让我眼前一亮,征得爱人的同意,我们开始向"三道"进发。

欣赏"情道"。那是一条由人工用木料搭建而成的栈道,长约一千米,在深山密林中迂回曲折向高处延伸,沿途有情人桥、情人岛、情人谷、情人树、鸳鸯潭、夫妻石等诸多与"情感"有关的景点。最让人叹服的要算以下三处:"天斧神工",只见一块巨石被劈成两半,历经沧桑它们依然互为一体,不离不弃,坚不可摧;"夫妻石",只见一对石头形似夫妻相拥而立,高高屹立在石壁之上,饱经风雨岁岁年年厮守如初;"夫妻树",只见两颗榕树连根而生,相伴而长枝繁叶茂,分不开你我如天造地设一般。而在整条"情道"周围,在石壁上在大树旁生长着一丛丛一串串的兰花草,有竹叶兰、虎斑卷瓣兰、直唇卷瓣兰、海南蝴蝶兰、小花牛齿兰、大尖囊兰……大大小小八十多种。我们来到"鸳鸯潭"前,幽香阵阵,不禁让我脱口而吟:"鸳鸯潭里水青碧,不见鸳鸯见兰花。"孔子称赞兰花为"不以无人而不香,不为贫困而改节"。这高度概括了兰花的品格,也因此使兰花成为花中极品和大自然之瑰宝。有人说,兰花是文化的符号,是品位的标志,是气节的象征,是美丽的偶像,它能给人间降福呈祥。而我坚信万物有灵,如此高雅圣洁的兰花簇拥在"情道"两旁,我想它应该是作为美的使者为天下有情人喷香祈福,也只有两心相随,历经艰辛恩爱不止终生不改的情侣,才能得到"兰花仙子"所赠予的芬芳、甜美与幸福!

感悟"天道"。这是一条修在霸王岭主峰的栈道,总长有一点八千米,海拔接近一千米,两旁群峰叠翠,林海浩渺,古树参天,热带名贵木材,如母生、香椿、野荔枝、青皮、陆均松等数不胜数。尽管此时晨光已露,山林飘逸,凉风习习,但因为山体陡峻梯级较高,爬起来非常吃力,虽然妇女们都集中一起相互给力,但依然有很多人因跟不上队伍而半途返回。我和爱人已事先约好,不到峰顶决不罢休。于是,我们相互激励相互搀扶,一步一个脚印,向着高峰攀登。先我们而上的女工委主任和几位女职工还一边爬一边唱起山歌:"唱山歌哎,这边唱来那边和;山歌好比霸王岭,不怕峰高弯道多,哎咳弯道多……"这歌声充满着欢乐,充满着坚毅。在大

第一辑 如画海南

家的鼓励下,我们终于爬上了山顶。站在高高的山顶上,举目四顾,真可谓:"立马秋风绝顶山,千崖万壑拥斑斓;拨开云雾依辰极,身在青霄紫气间。"

看,巍巍群山,莽莽林海,飞红点绿,垂瀑如帘,处处充满神奇色彩;听,山风和谐,泉水叮咚,芭蕉滴翠,鸟雀低鸣,猿啼幽幽,时时奏响生命乐章。站在山巅我终于感悟:人生是一种经历,一个过程,如果平平坦坦、庸庸碌碌将看不到光彩,看不到未来;只有勤奋努力挑战自我才能看到光明,看到希望,才能达到理想的顶峰。何谓"天道酬勤",就是多一分耕耘多一分收获,多一份付出多一份回报。上天总是偏爱那些勤奋的人们,一切机遇、财富和灵感往往垂青于孜孜以求的勤勉者,这就是亘古不变的"天道"!

品鉴"霸道"。"霸道"是修建在深山里、石溪边的一条栈道,长约三百米,沿溪而上,一路石头绵延水流清澈。由于石生石,石连石,水在石上行,水下石如坝,有大地水乳的滋养,使水中的石长得特别巨大,当地人喜欢把巨大称为"霸",于是出现了"蟒王石"、"霸王石"、"霸王石海"等巨石景点,同样也把几人合抱的千年古树称为"霸王树"。从辞海中查不出霸王岭的由来,也许是因为这些石霸、树霸而得名,除了"树霸"、"石霸",更有"猿霸"!海南黑冠长臂猿,是目前全世界唯一现有数量不足一百只的灵长类动物,而在霸王岭存量估计有五十只之多,霸王岭实在霸气十足!然而,爬完"霸道",我在为霸王岭感到骄傲之余,总觉得"别有一番滋味在心头"。何为"霸道"?霸道者,强横,蛮不讲理,严重点就是无恶不作。由此想到,树可霸,石可霸,猿也可霸,但人始终不能霸。谦虚为怀慈悲为本是人之品德,无论职位多高,权势多大,财富多广,武艺多强都不能霸道,大凡霸道之人都没有好的下场,纵观古今,概皆如此。

所谓"王道必然成功,霸道终归失败,暴君必定亡国,仁者当然无敌"。纵观历史，秦二世胡亥，为争夺皇位杀死兄长扶苏，并将十二个兄弟残忍处死，登上帝位后苛政超过其父秦始皇，其结果是，仅仅当了三年皇帝才二十三岁就自刎行宫，死在最宠信的奸臣赵高之手。中国第一个自称"西楚霸王"的项羽，"力拔山兮气盖世"，霸气无比，"鸿门宴"后引兵西进，屠杀咸阳军民，火烧咸阳宫，坑杀齐王田荣士卒，所到之处残杀灭绝、无恶不作，最终非但不成霸业，而且自刎乌江死于四面楚歌之中。旷世枭雄曹操，"挟天子以令诸侯"，大行霸道，叫嚣"宁教我负天下人，休让天下人负我"。杀恩人吕伯奢一家、诛功臣荀彧、崔琰、灭董承全族、屠徐州城……凶残暴烈罄竹难书。由此感慨，霸王岭之"霸道"可行可观可走，而人生之"霸道"却千万走不得，应弃之千秋，唾之万代！

五指山遐想

五四青年节，偕爱人一起到五指山去登山，寻找年轻时的感觉。从三亚走 224 国道过甘什岭、大本岭，就进入了五指山市，从市区南端向东往南圣方向再走二十五公里就到了水满乡五指山风景名胜旅游区。一路走来山青水美，风景如画，山林层层叠叠，逶迤不尽，山越高林越茂，沟越深水越清，越走越凉爽，越走越舒坦，感觉人在旅途，身在画廊，行在深山，走在梦乡。

来到水满乡已是正午时分，我们在"水满园酒店"用餐，五指山主峰清晰地展现在我们眼前，金灿灿的阳光下它像一只金蟾蹲在群山之巅。

金蟾"龙口吐金钱",是旺财之物。我国民间有"刘海戏金蟾,步步钓金钱"的传说。说的是吕洞宾的弟子刘海功力过人,用计降服了长期危害百姓的金蟾妖精,自此金蟾臣服于刘海门下,为求将功赎罪,金蟾使出绝活咬来金银财宝,助刘海造福世人,帮穷人发财致富,人们称它为招财蟾。古语曰:"家有金蟾,财源绵绵。"五指山主峰就在海南岛的正中央,这只金蟾就在让人遐想的水满乡,暗示海南岛有金蟾招财,必将水满财丰。我想,随着国际旅游岛建设得风生水起,这只金蟾将给勤劳勇敢的海南人民带来运气,带来更加富足的明天。

下午两点多,我们进入五指山国家级自然保护区,在保护区入口处看到的五指山主峰更像一只雄鹰,飞覆蓝天,峰顶活脱脱一个大鹰嘴。不知不觉中,心里哼起了孙国庆《雄鹰》中的歌词:雄鹰展翅翱翔 / 飞在蓝天 / 青草依依 / 绿在山梁 / 炊烟轻飘荡 / 山泉弯弯 / 遍地牛羊。一路走来正是山泉弯弯,遍地牛群,炊烟在山坳里飘荡。我想,如果把"青草依依,绿在山梁"改为"雨林依依,绿满山梁",那五指山水满乡的景色就如歌中所唱尽览无余。山肥水美,天地人和,但愿五指山这只雄鹰,在海南国际旅游岛建设的春风里,实现绿色崛起,展翅高飞,翱翔蓝天。

我们入住保护区内"五指山亚泰雨林度假酒店",酒店就在五指山主峰脚下,稍作休息后便一起出门去登山。走出大堂往左,有一家已经关闭的酒店"五指山寨",寨门依旧,登山之路就从寨门穿过。让我感到惊讶的是,漫山遍野到处都是香枫树,我游走于树间,登山变成了欣赏香枫树。香枫树大者双人合抱,小者如腰、如足,其树干结实,笔直、挺拔、高大,三角形的树叶虽没有枫树叶那样大,但其密实、细致,不失茂盛,是枫树的姐妹树。它生长在五指山主峰脚下,略带黄色的叶子,与其他翠绿色的原始雨林形成明显的色格带,给五指山主峰增添了多彩的色调。在北京香山我见过枫树,记得那年十月还大饱眼福观香山红叶了呢。时值雨季,五指山的香枫树郁郁葱葱,听说从十一月开始,枫叶便慢慢变红,渐渐把层层山峦染红,远远望去仿佛给五指山披上一件红色的霞帔。虽没有目睹五指山的红叶,但在绿叶常青的海南岛,有这样一片"枫韵",不失为冬天里的一把火,让这个具有光荣革命传统的宝岛更加温暖,更加火热!

五月的山区,说变就变,随着一片密集而急躁的蝉鸣,山顶云雾骤起,顷刻间大雨如注,我们赶紧撤回了酒店。第二天早晨,山林如洗,青翠欲滴,山里一片静谧,我们赶早又去登山。走进幽深的森林里,大口呼吸着充足的氧气,感到无比的惬意。这里每立方米就有三万个负氧离子,虽山体十分陡峭,但没有乏力的感觉。走在崎岖曲折的山道上,在静谧幽深的森林里与大自然对话,这种感觉是何等的畅快。站在半山腰,透过林间空隙看到周围群山就在脚下,身心就像腾云驾雾般飘然如飞。峰顶有一座由天然巨石架成的"天桥",传说神童仙女常到桥上云游玩耍。站在峰顶,云雾从身边徐徐飘过,仿佛置身于仙境与仙女们擦肩而过。

我们登的是五指山中的最高峰"二指",海拔一千八百七十六米,比五岳之首的泰山还要高出三百多米。我爱人说,山顶云雾缭绕,看不到其他四指有些遗憾。我对她说,苏轼《题西林壁》中的两句诗是最好的注解:"不识庐山真面目,只缘身在此山中。"想要看到整个五指山峰,必须摆脱"二指"峰峦的局限,以更开阔的视野才能看到五指山的全部,游山所见如此,观察事物也该如此。海南四大才子之一、明代著名政治家、文学家丘浚,少年励志,写出气势磅礴的《咏五指山》诗,可见他视野宽广,胸怀宽阔,志存高远,抱负何其远大呀!

从山上下来,用完早餐,我们又来到了水满村最佳观山点,站在丘浚《咏五指山》巨幅石壁书法前,远眺五指山,只见山顶时而云遮雾罩云烟缥缈,时而云开雾散碧霞满空,五指山峰如同五个手指翠色相连,又如雨后五根玉笋直插空中峥嵘壁立。一边观山,一边吟读石壁上的诗句:"五峰如指翠相连,撑起炎荒半壁天。夜盥银河摘星斗,朝探碧落弄云烟。雨余玉笋空中现,月出明珠掌上悬。岂是巨灵伸一臂,遥从海外数中原。"

第一辑 如画海南

　　顿然感悟五指山的苍茫宏伟和丘浚理想抱负的远大。踏着古人探索的脚印,凝望饱经沧桑的高山峻岭,可以告慰丘浚的是,海南岛已非昔日的炎荒之地,国际旅游岛建设如火如荼,五指山这只巨灵之臂正在摘星揽月终将实现历史跨越,海南岛这个中国最大的经济特区,不久的将来必定实现绿色崛起宝岛振兴,以宏大的身躯弄潮中华大地!

锦绣中华

走进遵义

在中国共产党的历史上，"遵义会议"是闪光的一页。这次会议结束了王明"左倾"冒险主义在中央的统治，确立了以毛泽东为代表的新的中央的正确领导。这次会议是中国共产党第一次独立自主地运用马克思列宁主义基本原理解决中国实际问题的会议。它在极端危急的关头，挽救了党挽救了红军挽救了中国革命。从读党史的时候起，心里就装着遵义，盼望有一天能走进遵义。

今年休假，我专门去了遵义。在当地一位朋友的带领下到了遵义会议会址。走到会址，首先映入眼帘的是高挂在门楣上的毛泽东主席亲自题写的"遵义会议地址"六个刚劲有力的大字，一看就让人肃然起敬，让人心潮澎湃，热血沸腾。走进大门，一栋青砖灰柱、黑瓦灰檐的二层楼房赫然呈现在眼前，既庄严又美丽，这就是早已熟悉并且仰慕已久的遵义会议会址。会址旁边是一个小广场，广场后面竖立着一幅巨大的紫红色花岗岩诗词墙，墙上镌刻着毛主席手书《长征》诗，恢宏刚劲，气势磅礴。我急不可待地站在广场中央照了一张诗词的照片，然后登楼到会址去参观。只见在当年的会场中央放着一张深红色的长方形大木桌，桌子四周摆着一圈藤椅，桌下面还放着一个八角形的用来取暖的炭火盆。顶上天花板正中，悬挂着一盏圆形瓷罩的"洋油"灯。墙壁上挂着一架木框镜面的自鸣钟，还有两个壁柜。望着室内的陈设，仿佛闻到了当年的硝烟岁月,也体会到了中国革命的艰苦卓绝,心中充满了了无限的景仰。

从会址下来,往东经过长约两百米的大院,来到遵义会议陈列馆。陈列馆坐西朝东,建筑采用钢筋混凝土框架结构,是一栋青砖砌成的两层楼房,青瓦为坡形斜面,与"会址楼"相映照,体现了黔北的地域特色。陈列馆分上下两层,空间宽阔、规模宏大,共展示文物及图片资料四百多件,分为战略解放、遵义会议、四渡赤水、胜利会师、永放光芒几个单元。陈列内容丰富,史料翔实,既有枪弹、衣帽等实物,又有著名的战役介绍,还有一些弥足珍贵的历史照片,富有思想性,极具感染力。馆中还运用了多媒体集线箱、声光技术、蜡像仿真手段,模拟描绘了娄关山等战役的场景,真实再现了毛泽东等老一辈革命家的雄才大略,充分揭示了遵义会议在中国革命史上具有生死攸关转折点的重大历史意义。

我站在历史画卷前沉思:是历史选择了遵义,中国革命只有遵循与本国具体实际相结合的马克思列宁主义才能取得胜利,这就是"遵义"的灵魂;任何脱离中国实际的教条主义、本本主义、机会主义终将导致革命的失败,这就是"遵义"作为历史转折点的关键所在。历史同样选择了毛泽东。一九三二年十月,王明控制的临时党中央剥夺了毛泽东的军事指挥权,使中央苏区"兵日少而地日蹙",党中央和中央红军被迫实行战略转移。到一九三四年底,中央红军总兵力从八万余人锐减到三万余人。在中国革命的危急关头,是遵义会议重新确立了毛泽东在党中央的领导权和对中央红军的指挥权,从此中国革命从胜利走向胜利。没有遵义会议,没有遵义会议后以毛泽东为首的党中央,中国革命还不知要在黑暗中摸索多久!

离开了遵义会议会址,我们来到了红军烈士陵园。红军烈士陵园坐落在遵义市内凤凰山南麓的小龙山上。一九五三年,遵义市政府将烈士遗骸陆续集中到山上,从此遵义人将小龙山称为"红军山"。进入陵园大门,从高高的台阶拾级而上,来到陵园顶端的广场,在四面青松翠柏怀抱

中,一座气势磅礴、造型别致、直插云天的红军烈士纪念碑耸立在眼前。碑的正面是邓小平题写的"红军烈士永垂不朽"八个大字,金光闪闪。整座碑高约三十米,碑的顶端是五米高的镰刀锤子标志,在阳光照耀下熠熠生辉。碑的外围是一个大圆环,其外壁上镶嵌着二十八颗闪光的星星,象征着中国共产党经过二十八年艰苦奋斗取得了全国政权,缅怀二十八年来为中国革命和人民解放事业流血牺牲的革命先烈和红军将士。大圆环的四个方向,由四个约五米高的红军头像托着,头像用紫色花岗岩石雕凿而成,分别为老红军、青年红军、女红军和赤卫队员,寓意中国工农红军威震四方。四座塑像怒目远眺,神情刚毅,让人记忆深刻,久久不能忘怀。

纪念碑后是红三军团参谋长邓萍之墓,只见满山青松翠柏,一座巨大的红砂石墓茔掩映在万绿丛中,里面安葬着邓萍同志的骨灰。据介绍,邓萍的遗骸是一九五七年夏,在彭德怀亲自关怀下,当地党政军民深入调查研究,在老城干田坝找到的。"文革"中,彭德怀手书的邓萍墓碑曾被推倒,直到党的十一届三中全会后,墓碑才重新树起,"邓萍同志之墓"六个大字又重现光辉。一九七九年十月,张爱萍为邓萍墓撰写了墓志铭。一九八四年,为修建"红军烈士纪念碑",邓萍墓移至碑的北面,墓前镶嵌大理石墓志,是用张爱萍的手体阴刻而成,在青松翠柏下庄严而肃穆。

穿过纪念碑,我们来到"红军坟"。这是一座青石圆坟,四周用砂石砌成墓裙,中间是泥土,顶上长着青青的草儿。坟前竖立一块青石墓碑,碑上镌刻仿毛泽东手体"红军坟"三个大字,并填成红色,周围苍松林立,古柏参天,风景秀丽。"红军坟"台阶下方,有一座高四米多的铜像,栩栩如生地再现了红军女卫生员给一个小孩喂药的情景,这就是被奉为"红军菩萨"的红三军团卫生员龙思泉。据陪同的同志介绍,龙思泉跟随部队到达遵义后,为当地百姓治好了伤寒,于是越来越多的百姓来请她看病,她只好留下来继续为百姓治病,直到部队出发几天后才去追赶,途中不幸被国民党的地方武装杀害,年仅十八岁。听说国民党反动派要把她抛尸野外,当地百姓闻讯后冒着生命危险连夜把她的尸体追回,葬于桑木垭。新中国成立后,当地政府把龙思泉坟墓从桑木垭迁至红军山以供百姓凭吊,几十年来前来祭拜者络绎不绝,铜像前香火不断。如今,铜像的双脚已被摸得锃光发亮,人们纷纷传说,摸了"红军菩萨"的脚,可以治病消灾。

我摸着铜像的脚沉思:红军就是靠着这双脚行走两万五千里,为了解放深受压迫的中国百姓,他们付出了无数鲜血与生命。不仅是一个龙思泉,全国工农红军都是救苦救难的"菩萨",红军无论走到哪,都给那里的人民带来光明和幸福。在长征路上,红军与老百姓建立了深厚的感情,红军无论走到哪,都得到那里老百姓的爱戴和拥护,中国革命正是得到了全国人民的支持与拥护才取得彻底的胜利,人民群众的拥护是中国革命胜利的最大法宝!

参观完遵义会议会址和红军山,我在会址前的街道上买了一本《毛泽东诗词》,重读《忆秦娥·娄山关》这首词,深切感受遵义会议后毛泽东指挥红军打了第一场大胜仗的情景:"西风烈,长空雁叫霜晨月。霜晨月,马蹄声碎,喇叭声咽。雄关漫道真如铁,而今迈步从头越。从头越,苍山如海,残阳如血。"毛泽东通过这场期待已久的战斗,预见了中国革命的狂澜将席卷全国,并最终取得彻底的胜利。遵义会议后红军离开遵义,准备在泸州和宜宾之间渡过长江和第四方面军会合。由于敌人在那里已集结重兵阻截,我军便重新向遵义进军。此时,贵州军阀王家烈调一个师扼守娄山关,想阻止红军前进。我军团在娄山关和板桥之间与敌激战,胜利攻占娄山关,再占遵义。这是毛泽东重掌兵权后的第一场战斗,也是红军长征路上的第一场大胜仗,全军振奋,全党振奋。"马蹄声碎,喇叭声咽"展现出红军战士冲锋陷阵,预示中国革命势不可挡的洪流。"雄关漫道真如铁,而今迈步从头越"虽然雄关险阻,征程遥远,道路艰难曲折,但残阳已经下山,霜晨月也将过去,中国革命将迎来旭日东升的早晨。全词

第二辑 锦绣中华

表达了毛泽东作为革命导师大无畏的气魄,对人民革命胜利充满了必胜的信心。

天星桥

秋天,我和朋友到贵州安顺,慕名到黄果树瀑布旅游。回来后,总想写一篇有关黄果树瀑布的文章,但一提起笔来就想起古代旅行家徐霞客对黄果树瀑布的那段描写:"捣珠崩玉,飞沫反涌,如烟雾腾空,势甚雄厉。所谓'珠帘钩不卷,匹练挂遥峰'俱不足以拟其壮也。"觉得自己再写也写不出徐霞客笔下黄果树瀑布的那种壮观雄厉之势。又想起了现代诗人于坚写的散文《黄果树瀑布》,这篇范文已经收入了中学语文课本,全国至少有三分之二的人通过这篇散文熟悉了黄果树瀑布,熟悉了它的雄伟壮美与先声夺人之势,我还有什么写头呢?再写不就等于关公面前耍大刀、孔庙里舞文弄墨了吗?

于是,我想写写天星桥。写写黄果树瀑布下游六公里处,那个国人不尽皆知的好去处——天星桥景区。如果说,黄果树瀑布有着气势磅礴、先声夺人之势;那么,天星桥则有着幽情万顷、情丝万缕的浪漫之美。我们是在当地一位黎族少女的陪伴下游览天星桥景区的。在海南黎族地区生活了几十年,原以为黎族是海南独有的少数民族,来到安顺后才知道这里也有黎族同胞居住。据介绍,贵州也只有安顺有黎族,而且就那么几个村庄,黎族少女说,他们的祖先估计也是来自海南。他乡遇"故音",我们备感亲切。

　　我喜欢天星桥的根。在天星桥景区里,无论你走到哪都会看到有生命的根,通过各种方式与无生命的石头热烈地拥抱在一起。在石壁上,在岩缝里,处处有根,粗者如筷,细者如丝,嵌隙觅缝,攀岩抱石。于是,景区里就有了"寻根岩"、"九龙盘壁"、"美女榕"、"人间百态"等"根"观。岩缝里根若游丝,石壁上根如盘龙,石堆上根成美女,千丝万缕"人"字根,更是写尽了人间百态,可谓"悬岩未得半粒土,绝壁焉藏万丈根"。根石相拥如胶似漆;根石相连不分你我;根和根之间盘根错节难舍难分;根如秋千,根若藤萝,根成凤巢;根在石缝中架起无数的"根桥",人可以在根上行走,玩耍;根成了大自然的和谐之弦,根成了连接岩和石的生命胶合剂!

　　我喜欢天星桥的洞。天星桥里有天星洞,洞内有石笋、石柱、石花,五光十色、艳丽无比;洞里有"八仙过海"的石笋群,仿佛仙人在此禅化;有色彩斑斓、形状奇特的滴石、云碟、云盘;有宛若金杯玉盏、琼浆佳肴的"天国盛宴";有与"荷塘"、"万里长城"、"冰山雪原"、"苗寨梯田"以及"花鸟虫鱼"异常相似的景物,仿佛世界珍奇、天国神物均聚于此。天星洞,虽然没有桂林七星岩那样大度气派、流珠飞腾。但是,洞里那奇妙的造型,更让人感觉到它内涵丰富,包容四海的特质,秀而不媚,寒而不清,比起七星岩更多了一份秀美与灵气。

　　我喜欢天星桥的石林与流水。天星桥景区属喀斯特地形,景区里星罗棋布的小石林,蜿蜒曲折的小水流,"石上流水,水上有石"的景色尽在眼前。由于长年累月的波浪冲刮和流水侵蚀,河床形成无数小坑坑,流水漫顶而下,宛若滚珠落玉,阳光之下闪闪发光,似无数银练坠入潭中。河水在石林中时隐时现,穿行于石峰、石壕、石壁、石缝之间,石林间长着榕树、小灌木和仙人掌,还有各种花草藤蔓,哪怕是"侧身峡"里也不乏小树攀崖,"长青峡"里更是片片春色。天星桥的流水虽没有黄果树

瀑布那样张扬,但它沉静而委婉,秀美而不作势,深藏着幽深神秘与浪漫之美。

我更喜欢天星桥的"数生步"。在黎族少女的引导下,我们来到了石林环绕的小水塘。据说这里是一个自然盆区,区内的水位是固定不变的,水中的石块以步相隔天然形成,经过加工后成了踏步石,露出水面供游人行走,一块石头一步,总共三百六十五块石头,形态各异蜿蜒水中,正好是一年的天数,景区在每块踏步石上都刻上了日期,每个人都可以找到自己的生日(生步),这就是著名的"数生步"。人在景中行,就好似在画中游,找到自己的"生步",站在上面许个愿,留个影,令人回味无穷。

天星桥还有一个好去处,那就是传说中的高老庄,也是《西游记》中猪八戒娶亲之处。这是一片静谧、美丽的地方,景区按照高老庄"参天野树迎门,曲水溪桥映户"的布局建起了许多亭台水榭,四面青山环抱,荷湖莲池,如同仙境一般。远处,青山绿树在阳光照耀下分外葱翠夺目;近处,平静的湖面倒映出蓝天白云、红瓦白墙,更是让人心旷神怡。难怪猪八戒念念不忘,在高老面前大言无愧:"只怕我取不成经时,好来还俗,与你做女婿过活。"

行进中,陪同的黎族少女不出天星桥的由来,但我想,它的神韵已被浓缩在这副对联之中了:"风刀水剑刻就万顷盆景,根笔藤墨绘制千古绝画。"精美绝伦的石景、水景、树景、洞景,富有灵性的石、水、树、洞、根、藤、枝、蔓融合在一起,成就了这片玲珑秀美之地。无须考究,天星桥的由来就蕴含在这浪漫的奇山、奇石、奇树、奇洞的人性融合之中,蓝天之下,石为星,根为桥,山为媒,洞为家。

桂林观桥

　　与同事结伴到桂林旅游,飞机在下午两点多钟到达桂林。深秋的桂林飘洒着丝丝寒意,因赶不上游漓江的船,又禁不住这座城市的诱惑,吃完晚饭我们就迫不及待地登上了游"两江四湖"的环保电瓶船,美美地饱览了如梦似幻般的桂林夜景。

　　夜晚的灯火把这座山水名城映照得流光溢彩。我们是从杉湖知音台下的船,沿着杉湖—榕湖—桂湖—木龙湖—漓江的线路游览,因正值漓江枯水期,船到木龙湖后原路折回榕湖,过一道船闸后进入桃花江,一路走来由南向北,由东向西,棕榈园、木兰园、榕树园、银杏园、雪松园、水杉林……一个个特色鲜明的园区,一处处精雕细琢的造景,一曲曲八桂风情的弹唱,一束束五颜六色的灯光,一幅幅流动着的诗情画意,让精灵秀气玲珑剔透的湖光山色折射出这其中深厚的文化内涵。然而,最让我赞叹不已的是在夜色朦胧中那"两江四湖"上形态各异的桥。如果说"桂林山水甲天下",那么,夜景中桂林的桥更是"堪称一绝"。难怪桂林人自豪地把桂林城誉为"世界名桥博览园"!

　　看吧! 一座座集中国古代桥梁建设之大成,荟萃中国桥梁建设之艺术的仿中国古代桥梁,在灯光幻影之下展现在你的眼前。

　　"北斗七星桥"(又称九曲桥)采用独柱独梁挑板结构,按照北斗七星的排列布局,全长一百二十六点二五米,连接榕湖湖岸与湖心岛,是广

第二辑 锦绣中华

西目前最长的汉白玉桥,其桥面和护栏均以汉白玉为原料建造,栏杆上雕刻着各种民俗风情的吉庆图案。桥上有桥,高低错落,蜿蜒曲折,古韵清幽,行走其间仿佛回到古代帝王的离宫别苑。从游船上看,只见灯火阑珊处一对对情侣牵手搭肩走进湖心岛的亭台水榭去欣赏古朴、传统的民族音乐和戏剧表演,整个身心仿佛被带进了人间仙境。"水晶桥"位于榕湖东边,这是我国最早采用特种水晶玻璃建造的桥梁,桥长二十二点四米,宽二点六四米,桥体晶莹剔透俨然一座巨型水晶宫阙,每到夜间通过高科技灯光照射,桥墩一片橘黄,桥下水底不断变幻着各种色彩,浅绿、深蓝、粉红……散发出七彩夺目的光芒,成为一道亮丽的景观。"古榕桥"却是以圆明园天宝坞桥为原型建造的一座单孔人行并列双桥,波形的桥身,圆形的拱孔,在灯光的映照下其倒影犹如一轮明月在水中荡漾,因此桂林市民称之为"月亮桥"。据说桂林市在建设古榕桥时不移一棵树不伤一片绿,使得桥的两岸原本密集的香樟和桂花树依旧浓荫匝地,树在水中桥在树中,"月"挂树梢斗转星移,古榕桥更显得风姿绰约。比邻古榕桥而建的"榕溪桥"桥型模仿赵州桥,桥长二十六米,单孔跨径二十二米,宽九米,因其临近南宋时桂林人为纪念北宋大诗人黄庭坚在榕湖修建的"榕溪阁"而得名,桥身简洁明丽,依山傍水又建有溪亭湖阁,蕴含着丰富的诗情画意,其意境悠远韵味无穷……

欣赏吧!将世界桥梁文化与桂林历史以及周围环境相融合,充满着浓郁艺术文化气息的仿世界名桥巧夺天工,像一尊尊巨幅雕塑映入你的眼帘。

经过改造的"阳桥"按照罗马梵蒂冈大教堂"维她桥"的形状设计,是一座长三十四米宽五十米的三跨连续曲梁桥,主体为钢筋混凝土,外铺花岗岩和大理石,宽敞的桥洞里有着大量精美的浮雕,总面积一千多平方米,这些浮雕讲述着"两江四湖"的沧桑变迁和历史名人传说,成为桂林市一道别致的风景线,在湖光倒影的衬托下更显得美轮美奂。"迎宾桥"

是国内首座仿法国"凯旋门"造型设计建造的,在灯光衬托下,"门"在桥上高高耸立把桂林的奇山秀水揽进其中,这是桂林人奉献给五湖四海宾客的一份厚礼,船过桥头宛如凯旋有着一种宾至如归的感觉。"观漪桥"位于桂湖饭店旁横跨桂湖,外观仿自意大利佛罗伦萨圣特尼塔桥的设计,是一座五跨连续变截面桥梁,其桥面宽阔气势磅礴,桥下微澜泛起涟漪一片,蔚为壮观。圣特尼塔桥是佛罗伦萨阿诺河上的一座古代名桥,这座桥将一分为二的佛罗伦萨城连成一体,八百多年前欧洲文艺复兴的开拓人物但丁曾经在桥上流连,也许是他在桥头不经意的一瞥而产生灵感,写下了流传后世的伟大诗篇《神曲》,桂林人将这些厚重的文化内涵也贯穿于桥梁建设之中,可谓匠心独具。位于老人山下的"西清桥"因临西清湖而得名,这是一座人行桥,桥身用东北名贵的红松木建造和装饰,桥梁形态颇见乡村风俗,桥长六十米,宽四点五米,仿照英国伦敦剑桥大学的"数学桥"设计(相传原桥是科学大师牛顿在剑桥大学任教时使用数学和力学的方法设计建造的),桥东为著名的宝积山而桥西则是著名的老人山,在中国的传统文化中老人就是阅历和智慧的象征,因此以数学桥为母本设计,本身就包含着牛顿的科学思想,而以宝积山和老人山为依托更能展现中国文明的源远流长,中华民族文化的博大精深,从古朴的乡情到科学的创意,从牛顿力学的诞生到人类登月的实现,给行走者留下了丰富的想象空间。

而最让我恋恋不舍地是位于螺丝山麓的"宝贤桥",这是模仿巴黎塞纳河上的亚历山大桥而建造的,也就是徐志摩《再别康桥》诗中的康桥,远远看去简洁柔和的装饰让人联想到轻风细雨中淡妆素裹的少女,油然而生怜爱之情。从桥底穿过,仿佛游走于情思缕缕的诗里行间,聆听徐志摩那委婉悲离的吟唱:我轻轻地招手/作别西天的云彩/那河畔的金柳/是夕阳中的新娘/波光里的艳影/在我的心头荡漾……夏虫也为我沉默/沉默是今晚的康桥/我悄悄地走了/正如我悄悄的来……

第二辑

锦绣中华

丹州之行

阳春三月，正值柚树开花的季节，我们来到"世外桃源"——丹州。那天天下着蒙蒙细雨，早晨从柳州出发，坐了三个小时的车经融安县吃午饭小憩，再行几十里就到了那里。车子停在丹州旅游管理处设在融江岸边简易的停车棚里。我们一行四人来到渡口，一条浩渺的大江横在眼前，阴雨连绵，平静的江面在雨点的敲打下水涡涟涟，对面小岛上一片朦朦胧胧的翠绿浸没在雾霭之中，一丝丝凉意袭上身来，一股股花香扑鼻而至，那春江细雨、那馥郁香气、那梦幻般的绿色在呼唤着每一双跃跃欲试的脚步。我们从渡口搭乘小木船大约三分钟左右就过渡登岛，沿着石板小径，穿过一片柚园，下榻在柳州朋友事先安排好的一家农户开的家庭旅馆。

从旅馆客厅里悬挂的丹州全景图上的文字得知，丹州古城始建于明朝万历十九年间，系当时的怀远县城，已有四百多年的历史。一九一四年怀远改称三江县，至一九三二年迁往古宜。古时以江为路，以舟当车，江河为生财之道。丹州是江心小岛，地理独特，上通黔、湘、滇，下连粤、闽、赣，使其成为东南地区通往西北边界的门户，一时成为方圆百里之内的政治、经济、文化中心，东南各省文人骚客聚居于此。在旅馆餐厅的墙壁上可见到杜甫的《客至》，诗云："舍南舍北皆春水，但见群鸥日日来。花径不曾缘客扫，蓬门今始为君开。盘飧市远无兼味，樽酒家贫只旧醅。肯与邻翁相对饮，隔篱呼取尽余杯。"杜甫生于河南巩县，三十五岁前喜欢读书与游历,从他所处的唐代距离丹州开埠大约八百多年,不知诗圣是否曾经游历至此,但其笔下那春水环绕鸥鹭翩飞的景色,柚花飘零柴门少开的境况,自斟自饮的生活情趣与丹州的景致相比是再形象不过了。

我控制不住兴奋和激动的心情,拽着柳州的朋友打起客店的雨伞,冒雨游览这座古城。踏着已经磨砺得光滑锃亮的青石板路,淅淅沥沥的雨点弹起蓝蓝的脚印给这座古城增添了久远的色彩。我们最先走进丹州书院,那是位于岛东侧的一座古建筑,占地一百多亩,据说清朝时已是一所设施完善的教学场所,民国时期几经修建成为三江县中心小学,牌坊上还刻有"三江县第一小学"的字样。现在因岛上人口少,只留有小学低年级几个班级,高年级的学生都到对岸镇上的学校读书去了。然而,旧时灰墙黛瓦木板构造的讲堂、上下课所用的铜钟及学生操练的场所依旧保存完好,深深地庭院里两棵桂花树历经百年风霜依旧枝繁叶茂花香四溢。穿过丹州书院就到了东门,亦称"雷欢门",取名"雷欢"即万民同庆欢声雷动之意。该门由城门和城楼两部分组成,上层为楼下层为门,据说此城楼曾于一九五八年被拆毁,现已重建并以苍古的门洞迎接客人。楼里朱漆红柱,楼上四面护栏,中间还吊着一口铸有"道光九年岁次乙酉季春月吉日立"的大铜钟,楼外残垣断墙绵延,再现古城余韵,令人品味无穷。登临环视,丹州岛山环水抱,融江从两侧幽幽而过,宛如江中行驶的一叶小舟;江边白鹭低飞,满岛柚树葱郁,古城犹似镶嵌在奇山绿水中的一颗翡翠,仿佛李白诗句"二水中分白鹭洲"的景象就在眼前。

过了东门就进入了古城中央,这里居住着两百多户居民,有侗族、苗族和汉族,他们和睦相处,靠种柚捕鱼开旅馆为生,过着衣食无忧怡然自得的生活。几乎每家每户都开旅馆,看不到过分的广告招牌和拉客妹子,随客喜好满意就住,文明得再也无法文明了。三江出奇石,比较有名的如"三江彩陶石"、"三江彩卵石"等,多数人家在厅堂里都摆放形状各异的上等奇石,用凡士林擦得油光透亮,等待客人赏识购买,没有专门的导

第二辑
锦绣中华

购员，主人一家老少就在后院里或打麻将或玩扑克牌，客人看中了随叫随到，按质论价公平交易，喜欢就买不喜欢走人，没有故弄玄虚死磨硬缠强买强卖的行为，民风淳朴得让人赞叹不已。特别到了晚上，渡口关闭，孤岛一叶灯光稀落，更是夜不闭户路不拾遗的太平景象，令人心驰神往。

我们下榻的旅馆周边都是柚园，以篱笆与邻居分隔。晚上在农家小院四壁透风的板棚式餐厅就餐，姜葱炒土鸡、油炸小河鱼、清炒干莴笋、柚皮花生青菜汤、油茶和小粽子、再配上侗家糯米酒，农家风味清香浓郁让人闻之先醉。入夜，小岛平静得出奇，听不到犬吠鸡鸣，枕着绿岛花香听着春江细雨，有着返璞归真飘然自在之感，实为八桂大地难觅的一处世外桃源。

第二天清晨，我们喝完早茶结账离店，方知一日三餐连吃带住每人一百元，货真价实！短短一天行程给我留下了难忘的记忆，甚至结下了故里情怀，依恋得一步三回头，不时环顾那青砖黛瓦的小屋，笑容可掬的店主，还有那遗落在柚园的脚印……登上渡船，我情不自禁写下了一首《晨渡丹州码头》，正是："雾锁融江雨露涓，江州两岸泪缥缈。花香远处关不住，欲醉乡翁白鹭洲。"

神奇丽江

云南的丽江是一个神奇的地方，这里不仅山环水绕风光旖旎，而且文化多元宗教荟萃，是一个天人合一人神共享的美丽家园。在这里，你可以欣赏到山下苍松翠柏山顶终年积雪的玉龙雪山,聆听到风韵儒雅的唐宋古乐（纳西古乐）,观看到东巴教人将汉传佛教、藏传佛教、道教故事完美糅合在一起的丽江壁画,品读到世界上唯一活着的象形文字（东巴文）,体味到茶马古道浓浓的商业气息和深厚的文化积累。

丽江的中心是丽江古城,这里居住着纳西族人,他们称这座城为"贡本芝",意为"背来货物做生意的集镇"。而古城则以四方街广场为核心,街道像蜘蛛网那样延伸出去辐射全城,随之形成大理街、昆明街、蒙古街……不求工整划一,不苟排比对称,更没有城墙包围森严壁垒的中国古城格局,体现出自由开放、各行其道、公平竞争,以商业取代权势的安全和谐之感。

古城的建筑与居民的生活更加融为一体。一座座雕梁画栋白墙青瓦的古房屋均沿街傍水而建,无论大小都有宽大的天井和檐廊。院子里种满各种花卉:牡丹、海棠、翠柳……一个院落就是一座花园,堂前燕子与笼中画眉各唱各的调,却又相互和谐。大街小巷都是光滑洁净的石板路,家家户户都有流水绕栅相伴,居民无时不与清新的空气、明媚的阳光、洁净的流水生活在一起。镇上几乎每家每户都经营小生意,或开旅馆或设饭店或卖货物,店铺林立商旅云集,成为滇西南名副其实的"贡本芝"。

如果你入住家庭旅馆,敞开窗户,举目青山环抱,四处绿水环绕,心灵的归宿感油然而生。难怪被誉为"纳西学之父"的美国人约瑟夫·洛克在这里居住了整整二十七年,把丽江作为他心灵深处的"故乡",弥留之际仍盼着回到玉龙雪山的鲜花丛中长眠。要是你在街边小店用餐,一边品着纳西族人亲手做的美味佳肴,一边观看水中倒影:鲤鱼穿柳、小桥似弓、建筑如画,生活的激情将奔涌如泉。难怪俄国人顾彼得在丽江生活了整整9年,被丽江的绮丽风光,独特的民族文化,淳朴善良的纳西人,悠闲雅致的生活方式深深地吸引,把这里当作他生命里唯一寻找到的精神家园,并不遗余力写下了描述丽江独特社会风貌的不朽之作《被遗忘的王国》。

丽江还是个歌舞之乡。白天,纳西族艺人带着乐器聚集在古老的教堂或宽敞的民居里,吹、拉、敲、弹、唱"纳西古乐",并且把它当作日常生活的一部分。顾彼得曾为此感动而赞美:"这是众神之乐,是一个安详、永久、和平国度之音。"傍晚,纳西族居民约定俗成,汇集到四方街广场,用干柴点燃起几堆篝火,他们身穿华丽的民族服饰,背着布兜围着熊熊火焰,跳起古老的东巴舞。舞蹈中的许多动作模仿自然界中动物的动作,表现出纳西族人对大自然的崇拜以及人类与大自然相依共存的亲和关系。据《东巴经》记载,纳西族人将人与大自然当作同父异母的兄弟,并以敬畏的心情保护水源和野生动物。大年初一要带上香烛和纸钱到水边"买水",东巴隆重的"祭署"仪式,也是在水源处进行,为的是祈求"署"这位自然神的保佑。正因为如此,才赢得一派青山绿水,鸟兽鸣和,家家流水,户户垂柳的和谐美景。夜里,纳西族的歌舞团体,在崭新的剧院里演出精彩纷呈,反映纳西族人生活爱情的大型歌舞《丽水金沙》,更是让人时而仿佛置身于马背,驮着茶叶行进在通往四方街的马帮、商队的行列之中;时而宛如踏着姗姗来迟的月亮,骑上期待的骏马,朝着自己心仪的花楼走去,用绵绵的情歌去开启另一扇等候已久的心扉;时而好似蹑手蹑脚打开木楞房的柴窗,帮助走婚的摩梭女子逃离封建牢篱,到泸沽湖边去构建爱情生活的伊甸园……

作为世界文化遗产的丽江古城还包括白沙和束河两镇,束河更像丽江古城浓缩后经精工修补的复制品。镇中心有四方街广场,仔细观察你不难发现它与古城四方街几乎是一模一样。束河是纳西先民在丽江坝子最早的栖居地,这里的民居墙体是采用附近山上的石块垒砌而成,比起古城更显得古朴自然。束河既是云南通往西藏茶马古道的重镇,也是远近闻名的皮匠村,有着像意大利皮匠一样出色的能工巧匠和备受欢迎的皮革制品。纳西人从游牧推向农耕,因为茶马古道贸易的乐趣,又把他们从农耕推向商业贸易,演绎着一个民族成长壮大发展繁荣的历史。束河更有清泉之乡的美称,从四方街往北走百余米,便可找到溪流的源头"九鼎龙潭",潭水清澈见底日夜喷涌,被纳西人奉为神灵。如果你到丽江旅游别忘了到束河,去感受更加清澈的流水,去体验"九鼎龙潭"赐予的灵气。

从古城返回昆明的路上,你还可以参观"东巴文化展示中心"。在那里,你可以看到定型于十一世纪的东巴文字——世界唯一活着的象形文字。这些文字就像古老的玉龙雪山,不因时代的变化而消融。你还可以看到,纳西人把人从母体怀孕到出生到直立行走,以致一生劳作生老病死的过程用泥土雕刻在地面上,甚至无所忌讳把男女生殖器真实地暴露在青天白日之下。纳西人还把人生前的善恶,与死后受到的因果报应,人神互通的画面展现在天地之间。可见纳西人对生命的淡定和对死亡的坦然,对人生善行的认同和对神化理想的追求。一串串呼唤灵魂的风铃,一块块寄托心灵的木牌,一幅幅"神蛙八格图腾"图,无不蕴含着人与天神心灵相通的意义,无不抒写着丽江古城的文明与神奇!

钓鱼城怀古

仲夏时节,我与同事到重庆出差,任务完成后当地的朋友盛情邀请我们到该市钓鱼城古战场去做一次额外的参观。从市中心到钓鱼城大约半小时的车程,正值中午时分重庆的天气十分闷热,但进入景区后那些保护完好的古桂树和一些人工种植的竹林、琵琶树送来一阵阵清风,使大伙感觉到难得的凉爽。

第二辑

锦绣中华

我们请的导游是一位二十出头的重庆女孩,长得年轻漂亮,白皙丰润。重庆这地方可能是雾汽浓重的原因,加上山区森林丰厚覆盖面广,姑娘们个个长得水灵灵的,高挑、细润、嫩白、清秀,招人喜欢。这女孩更是口齿伶俐、八面玲珑,讲起故事来娓娓动听。我们一行沿着江边蜿蜒跌宕连绵起伏的古城墙,过始关门、护国门、青华门、出奇门、奇胜门、镇西门、新东门等古城门遗址,一路观看城墙上古炮台和江中水军码头古迹,听着女导游的讲解,仿佛置身于千军万马厮杀血染江河的场景之中。我们还参观了皇宫遗址,听说一二七六年南宋皇都临安失陷后,二王出走,当时四川制置副使张珏曾经派人寻找,欲将流亡政府迁至城内,故在钓鱼城修建皇宫,以侍皇室居住。还修建护国寺,开凿皇井、龙眼井,有些古迹至今仍保存完好,可见当时钓鱼城军民对朝廷的忠心。城内还开挖大小天池十四所,井九十二眼,"泉水汪洋,旱亦不涸",成为战时水源的重要保障,可见当时钓鱼城军民守城的决心。最后,我们来到了"钓鱼台"巨石上,听着女导游绘声绘色的描述,更是坠入了宋蒙(元)钓鱼城之战浓浓的硝烟里……

钓鱼城位于钓鱼山上,这里只是一个弹丸之地,横竖不足三十里,城内面积仅二点五平方公里,但其战略位置十分险要。长江重要支流嘉陵江、渠江、涪江在此处交汇,三面萦绕如巨龙盘旋,地势非常险绝壮观。钓鱼山自江中拔地而起,壁立千仞,周围悬崖峭壁如刀削斧劈,山上层峦叠嶂,山下沟壑纵横,江水汹涌,滩险浪急,使其已是东扼吴楚咽喉,西守蜀川的重要屏障,"此处若破,巴蜀必得",自古以来这里已是兵家必争之地。

宋蒙(元)战争从一二三五年全面爆发起,至一二七九年南宋灭亡而告终,历经四十五年。其中,钓鱼城之战就长达三十六年之久。蒙古汗国自成吉思汗后三代皇帝窝阔台、蒙哥、忽必烈均卷入了这场旷日持久的战争。其中,最惨烈最重大的是蒙哥在位时期亲自指挥的战役。一二五一年蒙哥接任蒙古大汗位后雄心勃勃,一二五二年命其弟忽必烈远征大理国,次年他又谋划了灭南宋的战争,并于一二五七年春颁布诏令"诸王出师征宋"。次年二月,蒙哥亲率十万大军,分三路进攻四川,并连克南宋许多州县,兵临钓鱼城下。由于蒙哥入川后势不可挡连连得胜,根本不把钓鱼城放在眼里,他口出狂言:"不出一月,我将踏平钓鱼城。"然而,宋军守城官兵奋勇抵抗,大军围攻半年,不但久攻不下,而且损兵折将,连总帅先锋汪德臣也毙命于钓鱼城下。进入夏季,久旱未雨,天气炎热,蒙军得了霍乱死伤无数。为了速战速决,蒙哥派人在龟山堡上筑台以探视城内水源情况,并传令"如无水则急攻之"。城中守军知其意,就从大天池里打出两尾各重三十斤的鲜鱼,制成鲜鱼面饼投掷城下,并附书传言"尔等北兵可烹鲜食饼,再守十年亦不可得也"。以此拖延蒙军,打消蒙哥速胜的念头。蒙哥因屡屡受挫积愤成疾,传说在班师回朝途中,过金剑山温汤峡时崩驾。

蒙哥的弟弟忽必烈接任大汗位后,又于一二六五年派出蒙古元帅按东率兵攻打钓鱼城,破城并虏获战船一百四十六艘。次年,宋军守将王立"以死士五十斧西门入,大战城中,复其城。"至一二七六年南宋皇都临安失陷,宋庭降元,钓鱼城军民在四川制置副使张珏率领下,不仅坚守城堡还多次组织反攻。次年,由于重庆陷落,张珏遇难,守将王立为保住城中数万军民性命而开城降元。钓鱼城因此成为宋蒙(元)战争中四川最坚固的堡垒而被载入史册。

由于蒙哥这位横扫欧亚无敌手,令欧洲人闻之丧胆的"上帝之鞭"折于钓鱼城下,使钓鱼城被各国史学家称为"东方的麦加城"、"上帝折鞭处"。关于蒙哥的死因,现在仍是世界未解之谜。鉴于此,回来后我查阅了许多史书,众说纷纭莫衷一是,而主要说法有如下几种:一曰被宋军射死(翦伯赞主编《中国史纲要》);二曰因进攻连连受挫,忧虑愤恨而死(黄震编著《古今纪要逸编》);三曰溺水而亡(一三〇七年《海屯纪年》);四曰生病医治无效死亡(清人毕沅《续资治通鉴》);五曰炮石所

伤致死（刘译华、冯尔康编著《中国古代史》）。无论何种原因，蒙哥死于钓鱼城之战是历史公认的事实。

对于蒙哥的死因我们无法给出答案也不敢妄加评论，只能留给史学家们去斗嘴去争论，但钓鱼城军民守城护国的精神却值得我们去挖掘去弘扬。试想，一个弹丸之地，方圆不足三平方公里，守城军民万余人，却能坚持三十六年浴血奋战，抵挡住蒙古三代皇帝威猛剽悍之师的上百次进攻，特别是横扫欧亚无敌手的蒙哥的十万铁骑攻袭，创造了以少胜多、以弱胜强的战争奇迹，这是什么精神？是不屈不挠，不畏强暴，人在阵地在的英雄主义精神；是保家卫国、众志成城的爱国主义精神；是守土护邻、坚不可摧的民族主义精神；是大敌当前，同仇敌忾，团结奋战的团结胜利精神。这些精神是中华民族的灵魂所在，中华民族就是靠着这些精神，在后来的抗日战争中谱写了一曲曲诸如"太原保卫战"、"衡阳保卫战"、"台儿庄战役"等誓与敌人血战到底的壮丽篇章，最终打败了日本侵略者。在抗美援朝战争中也是靠着这些精神，全民族大动员大团结众志成城赶走了美帝国主义。如今，在建设中国特色社会主义的征程中，同样需要这些民族精神的进一步发扬光大！

游南洞庭湖

金秋时节来到益阳，朋友邀请到南洞庭湖观光游览，因盛情难却也就愉快答应了。朋友通过熟人与当地的朋友联系，并安排了一艘旅游船专门为我们服务。我们一行八人在导游的带领下从沅江一个小船坞似的码头上了船，南洞庭湖一片美丽风光即刻展现在我们眼前。

　　一望无际的南洞庭湖，水天一色，碧浪排空；星罗棋布的湖洲，芦荡万顷，草甸青葱；沿岸的百里柳林，婀娜多姿，万绿垂碧。一群群林中穿飞的鹭鸟，一艘艘满载芦苇的船只，一对对浅湖泛舟的情侣……组成了一幅大自然的水墨丹青。

　　我们一边欣赏湖上的旖旎风光，感受湖水柔美细腻的风韵，品尝船上提供的蓼米、红枣、枸杞泡出的茶水，一边细听着长眠于湖岛之上的历史名人范蠡与西施，既悲凉又缠绵的爱情故事。为了实现越王勾践卧薪尝胆、十年复仇的计划，越国大夫范蠡不惜施展"美人计"，将心爱的倾国美女西施献给敌国的吴王夫差，让他对越王已放松斗志深信不疑。吴王对西施更是如痴如醉，达到了宁弃江山也不弃美人的地步，最终越王勾践卷土重来，范蠡率领大军荡平吴国夺回西施。越国胜利后，范蠡放弃功名归隐江湖，与西施浪迹天涯，做了神仙眷侣……伴随着一段段感人故事和美丽传说，让人感叹人世间的悲欢离合和真情难舍，惊异洞庭湖历史的悠远和湖乡文化的绚丽多彩。

　　游船在湖面上大约开行十几分钟，我们来到了凌云塔。那是一座耸立在千秋浃上的古塔，高三十三点五米，共七层，底圆顶尖。据说该塔建于清朝乾隆年间，整个塔身用花岗岩石砌成，共用石十六万七千块，共耗白银四千七百一十两。我们来时正值中秋，湖水已经退去，看不到"水涨湖中浮"的塔景，但见周围芦苇葱葱郁郁，把凌云塔衬托得更加挺拔，近看像一棵笋拔苍黛而出，远望似一支笔指沧溟而立。

　　走近塔前，只见底层门楣上"凌云塔"三个大字苍劲有力。一副门联虽无油墨，且底部有水淹痕迹，但仍清晰可辨："文星磊落昭银汉，笔陈嵯峨焕彩章。"可见古人眼中的凌云塔在浩瀚的洞庭湖中是怎样的笔挺高峻，有直冲霄汉的宏伟气势。沿着石级绕中空楼阁登塔而上，在第二层

的北门右侧也刻有一副对联："挺出一支挥翰墨,联登七级会风云。"把塔的气势描绘得更加宏伟壮丽。

从洞庭湖上远眺,在闪闪波光里凌云塔宛如一朵出水芙蓉亭亭玉立,更似一支大椽之笔直插云天,由此引来多少文人墨客为之赞叹。相传清代湖南四大名臣曾国藩、左宗棠、胡林翼、彭玉麟曾经结伴游湖观塔,在塔前每人吟诗一句,珠联璧合连成七绝一首:"洞庭秋水砚池波,且把君山当墨磨。宝塔倒悬权作笔,苍天能写几行多。"

从塔上下来,我们几个人来到千秋峡芦苇荡。那芦苇有一丈多高,像细小的竹林那样飘逸。一大片一大片,分布均匀,密密实实,尽管有的已经泛黄,在头顶开出白色的花儿,像马尾巴似的飘飘摇摇,但大多数还是碧绿青翠,微风吹来风动苇叶,声如涟漪……

带着好奇,我们一起走进芦苇荡,穿行于巨大的青纱帐里,绿浪此起彼伏,虽然受到芦苇身上芒刺刺肤浑身微痒,但大家还是带着感受大自然的新奇与刺激走过了一片葱茏。记得小时候经常从甘蔗地里走过,也是浑身痛痒,但远远没有这种更细更神秘的感觉。再加上轻柔的湖风拂颊,吹气如兰,阵阵清凉,驱散了身上所有的不快,从青纱帐里走出来的朋友个个脸上都荡漾着惬意与兴奋。难怪导游在船上向我们介绍,沅江市每年都要组织穿行芦苇的比赛。

游完千秋峡,我们二次登船,游船缓缓前行走进了扑朔迷离纵横交错的湖汊、湖峡以及湖水环绕的湖岛、湖洲。一排排杨柳,一片片绿洲,一群群飞鸟不断出现,勾画出一幅碧水、蓝天、白云、鸟鸣相映成趣的自然景观。游船特意在一片绿洲边停靠,我们几个脱下鞋袜卷起裤腿下船,走上长着野芹菜、野藜蒿、芦笋、蒌米等"洞庭四珍"的湖洲上,导游一一跟我们介绍了"洞庭四珍"的食用价值,是地地道道的野生绿色食品,备受当地人民的珍爱。

我们几人弯下身子细心地采摘芹菜、藜蒿,分享着劳动收获的喜悦。

水鸟不时在我们身边飞来飞去,企图逮到因为我们的到来而四处逃窜的鱼虾;几只白鹭还跟在我们后面伸长着脖子,从我们拉起的草根上寻找螺贝及其他食物。据说南洞庭湖有一百一十八个人迹罕至的湖岛湖洲,湖水涨退有序水美土肥,岛洲上生长着各种野生植物八百六十三种,鱼类一百一十四种,是一百六十多种水禽鸟类的栖息之地。在这样一片波光粼粼,杨柳拂面,水禽环绕的湖洲上,心情该是怎样的愉悦。

一片欢声笑语之中,不知不觉太阳已经靠近湖面,湖水荡漾着金色的波浪。在船家的多次催促下,我们依依不舍再次登船,游船满载着我们采摘上来的野菜珍品,满载着一船的喜悦离开了湖洲。离岸边不远的地方有一条晚归的船队朝码头开来,它们之间整齐有序相隔约一百米绵延不断,船上一捆捆晒干的芦苇堆得高高的,船头依稀可见一缕缕炊烟袅袅娜娜,远远望去好像一间间芦苇屋在烟波浩渺的洞庭湖中慢慢游动。导游跟我们介绍,芦苇是最好的造纸材料,环洞庭湖有大大小小几百家造纸厂,于是湖乡涌现出许多种植芦苇的专业户,他们开着机船携家带口在几十里外的湖岛湖洲劳作,春天播种秋冬收割,每每这个季节都是一派繁忙的收苇运苇景象。

晚风习习,水波涟涟。芦苇船离码头越来越近,在夕阳的映照下岸边金光闪闪,一船船丰收的歌儿唱红了千里水乡、百里柳林……

第二辑

锦绣中华

游秭归话屈原

傍晚时分，我和几位同事从雾都重庆朝天门六号码头搭乘游船沿风光绮丽的长江东下，准备到湖北宜昌去参观举世闻名的"三峡大坝"工程。第二天中午，游船到达屈原故里秭归稍作停靠，我们一起下船去参观仰慕已久的屈原纪念馆。

走过几乎是用游船连接而成的码头，沿着"山清水秀，故出俊异"的秭归江岸，步行约两里地就到了屈原纪念馆。那是一座绿色琉璃瓦顶、花岗石贴面古朴而庄重的二层建筑，坐落在苍山翠柏之中。我们瞻仰了馆前大理石基座上气宇轩昂的屈原铜像，然后进入馆内走马观花式地浏览了屈原的生平展览，领略这位诗人之父、爱国志士的伟大人格。

最让我流连忘返的是纪念馆右边山坡上那片郁郁葱葱、含烟吐雾、紫云一片的修竹林。在这里伴随着凉风习习，让我想起了屈原的修竹情怀。据史料记载屈原喜欢修竹，常常喻竹明志、吟竹抒怀："立原野、顶苍穹、与天地浑然一体；风貌奇、生命旺、霜打雪压也枉然；胆气足、生性豪、一片生机斩不断。""扎根平畴，或咬定青山；吮吸甘泉，怀抱故土，终身不慕豪华，不思淫逸！""出土便是节，一身不离节；头顶顽石起，破土节节高。"一番"话竹"，生动地勾勒出屈原的人格风骨和民族气节。

锐意改革，励精图治是屈原毕生追求的理想目标。屈原出生于战国后期（前三四○）的楚国，地处江南鱼米之乡，农业发达，商业繁盛。当时"战国七雄"的竞争实际上是秦、楚、齐三大国的竞争,而能够与秦国抗衡的只有楚国。秦相张仪对楚怀王说:"凡天下强国,非楚而秦。"可见,秦、楚两国势均力敌。但当时楚国内部抗秦派和亲秦派的斗争异常激烈,以令尹(相当于后来的宰相)子椒、上官大夫靳尚、南后郑袖为代表的旧贵族势力,力主事秦、亲秦,以求通过强大的秦国来维护他们的既得利益。而以左徒(相当于后来的副宰相)屈原为代表的改革派却力主改革宪政,举贤授能、彰明法度、发展经济、富国强兵,争取一个和平环境发展楚国,希望通过楚国强大来消灭虎狼秦国达到中国的统一。屈原精心为楚怀王草拟法令,已经完成了初稿,后因奸臣靳尚、佞妃郑袖等人从中作梗,致使机密暴露,遭到旧贵族势力的离间触怒怀王而夭折。从此楚怀王疏远屈原,解除其左徒职务,并放逐汉北(楚国北疆)。虽然如此,屈原锐意改革的理想信念、雄心壮志永不改变,"路漫漫其修远兮,吾将上下而求索"就是他改革图治的真实写照。

忠贞爱国,矢志不渝是屈原民族气节的最高境界。屈原出生楚国,他爱他的祖国胜过爱他的生命。即使是受到旧贵族势力和朝中群小的嫉妒、诬蔑和陷害,落个"狂徒"、"疯子"、"癫臣"的罪名,蒙谗负讥,远离京都,身陷荒原,寓居汉北之时,他仍然忧虑着楚国的未来,眷恋着故土,心系着祖国。当遇到少年故知、救命恩人,已经做了韩国国相的景柏开着金轮高车到楚韩边界,意欲迎接他去韩国共同辅佐韩王,许与王族高官,同韩王共治天下之时,屈原婉言谢绝,并使用了"最重要的身份莫过于自身的操守"、"吃尽滋味盐好,走尽天涯娘好"、"死了是楚国的鬼,决不做弃国的人"等令景柏无地自容的措辞。当楚国国都被秦将白起攻占,楚国君臣仓皇逃走,百姓惨遭涂炭之时,国破家亡与爱国情感交织在一起,令屈原泪如泉涌,心肝欲裂。"哀州土之平乐兮,悲江介之遗风。"(可爱的祖国啊无边的沃壤,水乡的民俗是这样古朴纯良。)"曼余目以流观兮,冀一反之何时?鸟飞反故乡兮,狐死必首丘。"(啊,我在向四方远望,要何时

才能回故乡？飞鸟一定要归巢,狐死,头向着山冈。）这些诗句把屈原的爱国情怀演绎得淋漓尽致。

"体恤平民,呵护民生"的主张闪耀着屈原民本思想的光辉。屈原同情下层人民,在他为楚怀王草拟的《宪令》中,提出了"百姓的衣食权（生存权）",主张废除楚国金鼎上刻有的"有身价的人家,均可聘人殉葬"的律文,还黎民百姓的生存权利。主张通过"工商税赋"从新兴地主贵族那里征收税贡来壮大国库,减轻百姓赋税徭役,还布衣以休养生息。屈原继承了中国古代"民唯邦本"的思想,主张国家应该以民为本,而立国的根本又在于为民。屈原的民本思想主要体现在:从思想上同情人民,通过改革使人民得到实惠,困难的时候与人民在一起。"长叹息以掩涕兮,哀民生之多艰。"（我哀怜人民的生涯多么艰辛,我长叹息地禁不住要洒下眼泪。）"民生禀命,各有所错兮。"（个人的禀赋有一定,个人的生命有所凭。）可见,屈原的民本思想在他的诗歌中表露无遗,并且闪耀着时代的光辉。凭吊屈原那种立志改革、热爱祖国、同情人民的思想品格和民族气节,对我们开展科学发展观学习实践活动,坚持改革开放,坚持"以人为本",弘扬爱国主义精神起到启迪和借鉴作用。

时值端午时节,在明媚的阳光下,苍翠的长江岸边已搭起了龙舟竞渡的彩门,挂起了彩旗和横幅,五颜六色的氢气球拖着长长的条幅在江中飘曳,挂着红黄绿白各色旌旗的龙舟已在江中停放,身材魁梧体魄健壮的荆楚后裔正在整装待发,为纪念伟大的爱国诗人屈原,弘扬屈原的爱国志气而劈波斩浪奋勇前进……

凭吊"卧龙岗"

终于有机会出差到南阳,也有机会走进了"千古人龙"躬耕之地卧龙岗。"千古人龙"意指诸葛亮乃人中之龙,是永垂千古的人中俊杰。记得上初中的时候就曾经偷读过线装版的《三国演义》,由于当时识字不多加上通篇都是繁体字,因此只读了个轮廓,了解个故事梗概而已。到后来,书多了读也读不过来,于是《三国演义》便再也没有认真读完过。然而,对于诸葛亮这位家喻户晓的杰出历史人物却十分敬仰。因此,到了南阳必到卧龙岗,去凭吊这位"千古人龙"。

卧龙岗上有专门纪念诸葛亮的武侯祠,祠堂里悬挂着古往今来骚人墨客、学者名流前来凭吊时留下的各种牌匾和楹联,琳琅满目比比皆是,其文化积淀非常深厚。正值我初学写作诗词对联,对其产生了浓厚的兴趣。于是,在品尝一副副精华的同时,也品尝了诸葛亮的智慧胆略和人格魅力,享受了一顿人品与文化的聚成大餐。

这些对联,有缅怀诸葛亮丰功伟绩的,如"功盖三分延汉祚;名垂千古仰威仪。""纵论三分天下,审势画策佐先主;长怀一统河山,辅国连治启后人。""丹心酬三顾;青史载两朝。"热忱讴歌了诸葛亮生前辅助刘备父子,其功绩不仅超过三分天下延续汉室,而且胸怀统一大志,心系国家民族,以道义治国理政的丰功伟绩,其身后英名永载史册,后人无不景仰。

第二辑 锦绣中华

有彰显诸葛亮雄才大略，道德风范的，如"百万劫山水依然，纵教物换星移，丞相祠堂仍旧在；三千界英雄何处，遥想纶巾羽扇，先生风范却犹存。""可托六尺之孤，可寄百里之命，君子人欤？君子人也；隐居以求其志，行义以达其道，吾闻其语，吾见其人。"有赞扬诸葛亮智慧超群，学识渊博，才学过人的，如"运帷幄之筹谋，披肝沥胆，六经以来惟二表；本圣贤者道范，寄命托孤，三代而下此一人。""旨寻六家，业窥五际；内学七纬，旁通三微。"这些对联，既表达了诸葛亮运筹帷幄，决胜于千里之外的智慧谋略，又反映出诸葛亮那种竭诚相见、尽所欲言，以至可以被皇帝寄命托孤的君子风范。在博学方面，诸葛亮从先秦至汉初学术思想，从阴阳五行之说至六经谶纬之学，从政治变幻朝代更迭至气象物候风土民情，不仅包罗万象而且融会贯通应用自如，可谓学富五车才高八斗。其所作的《前出师表》与《后出师表》更是几乎无文可比，其忠厚贤良也是令后人敬仰！

更有传颂诸葛亮忠心耿耿，鞠躬尽瘁，死而后已之精神的，如"遗世仰高风，抱膝长吟，出处各存千载志；偏安恢汉祚，鞠躬尽瘁，日月同悬二表文。""巾扇任逍遥，试看抱膝长吟，高卧尚留名士隐；井庐空眷念，可惜鞠躬尽瘁，躬耕未遂老臣心。""死而后已酬三顾；道自长存贯两间。"这些对联刻画出诸葛亮为了实现理想抱负避世隐居，甚至像农夫那样躬耕自乐，被刘备三顾茅庐请出后如鱼得水，开基创业，匡时济危，大展雄才韬略复延汉室，直至鞠躬尽瘁其精神永存天地之间，表现出一位开国老臣对贤明君主的无限忠诚，以至赴汤蹈火在所不惜。

值得一读的还有"立品于莘野渭滨之间，表读出师，两朝勋业惊司马；结庐在紫山白水以侧，吟曲梁父，千载风云起卧龙。""莘野"指商代贤臣伊尹，相传也躬耕于莘野；"渭滨"指周朝伐纣名相吕尚（即"姜太公"），相传曾垂钓于渭水之滨。诸葛亮一生以伊、吕为楷模，其品格足可以与他们相媲美，他的功勋业绩令司马懿也为之惊奇赞叹。"成大事一生谨慎；仰风流万古清高。"表现了诸葛亮之所以成就大事，是因为他一生谦虚谨慎，言行慎重，高风亮节。"长遗憾终前未能上慰先主，下济苍生；最可敬身后不使内藏余帛，外有赢才。"表达了诸葛亮生前憾事，既不能上慰先主刘备，也不能下济苍生百姓。其身后更是内无锦帛，外无余财，两袖清风，可敬可仰。原中共中央总书记胡耀邦参观卧龙岗后也留下墨宝："心在人民原无论大事小事；利归天下何必争多得少得。"高度概括了诸葛亮心系国家百姓，不求功名利禄的一生。

诸葛亮无愧为一位杰出的历史人物，其千秋功业自有公道评说。我行走于武侯祠内品读着一副副对联，如同闻到了一抹抹历史的芬芳，受到了诸葛亮高尚人格和完美情操的熏陶，激发起对英雄豪杰历史伟人的敬仰之情。从对联的字里行间，我似乎看到了一个满腹经纶、志存高远的理想楷模；看到了一个运筹帷幄，镇静自如的战略指挥家；看到了一个羽扇纶巾，温文尔雅，从容不迫的智者。同时，也领略到诸葛亮为了国家统一，鞠躬尽瘁、死而后已的精神灵魂；身居高位却谦恭自守，两袖清风的节守风范。仿佛一个活生生的诸葛亮，从历史的烟雨中缓缓向我走来，令我肃然起敬。我想，一个真正的共产党员，难道不也应该拥有这样的道德操守和精神品格吗？

香港纪行

已经三次去到香港，这是个令人神往的地方。第一次去香港是在一九九四年，当时香港给我的印象是一个繁华的国际大都市，一个文明、

第二辑 锦绣中华

包容、人性、安全的地方。那次去香港共停留七天，记忆最深的是黄大仙祠和海洋公园这两个地方。黄大仙祠是香港一座著名的庙宇，占地约一点八万平方米，主要供奉东晋时南中国道教著名神祇黄初平，亦供奉儒、释两教的神祇如孔子、观音等（三圣堂里还供奉吕洞宾和关帝），故三教融合成为黄大仙祠的一大特色。我们去的时候人特别多，有上香拜观音求子求福的，有算命求财求平安的，一片香火缭绕。我们在黄大仙祠前抽了签，我抽的是中下签，故游兴不浓，只在"大雄宝殿"和"孔道门"前拍了几张照就打了退堂鼓。

海洋公园是香港一个以海洋为题的休闲娱乐公园，占地超过八十七万平方米，拥有全东南亚最大的海洋水族馆及主题游乐园，凭山临海，旖旎多姿。在这里不仅可以看到趣味十足的露天游乐场、海豚表演，还可以欣赏到光怪陆离的海底世界。记得我们先是在游乐场坐过山车，因胆小加上有恐高症，工作人员给我系好安全带后我就闭上眼睛，任由过山车从低处飞速上升又从高处飞速滑落，其他人都在兴奋与欢乐之中，而我却心里忽忽悠悠，脑袋嗡嗡作响。

我们还参观了海洋馆，听说这是世界最大的水族馆之一。在那里有美丽的珊瑚礁、五颜六色的鱼类，透过玻璃从不同角度可以欣赏各种鱼类的优美姿态，其中不乏海洋贵族盐雀鲷、豹纹鲨、槌头鲨、海鳗、神仙鱼、石斑鱼等。特别是鲨鱼馆，人从玻璃水馆中穿过，左右两边和头顶都是大鲨鱼，一头头大鲨鱼向你冲来仿佛即刻要把你吞噬，既惊险又刺激。我们还走访了百鸟居，在巨型不锈钢丝网里可以看到许许多多地栖鸟、森林鸟、丛林鸟和水禽鸟等珍禽异类。我们还坐观光电梯上了两百米高的摩天塔，香港秀美的风光尽收眼底。我们还来到了海洋剧场，观看企鹅、海豚表演，那憨态可掬既笨拙又不失精彩的动作，让观众时而啧啧称奇，时而捧腹大笑。

最后，我们坐缆车离开海洋公园。记得第一次坐缆车是早些时候与三亚木材厂的厂长出差北京在香山公园坐的,那缆车是敞开式的,前面只有一条护杆,当缆车升高至十几米处时我既紧张又害怕,现在回想起来还心有余悸。而香港海洋公园的缆车是全封闭的,既安全又舒适。

香港分为三大区,新界、九龙和香港岛。第一次去香港,新界没有想象的那么繁华,九龙也像广州那样拥挤,到处摆摊叫卖,街道也没那么整洁。但到了香港岛感觉是那样整洁、新鲜、气派、繁华,哪怕内地大都市北京、上海也无法比拟,特别是社会治安更是令人羡慕。香港鞋厂的老板陪我们走了几天,坐地铁挤公交,长长的皮夹就插在屁股后面,却没人染指。

第二次去香港是在二○一○年八月,当时儿子考上大学,女儿在深圳工作谈了男朋友,于是一家人相约办了港澳通行证赴香港旅游。这时香港回归祖国已经整整十三年,其间虽然经历了亚洲金融风暴和世界金融海啸,但看不出危机对香港的冲击,感觉香港还是那样繁荣稳定,俨然一个质地优良的避风港。最明显的是香港扩大了许多,当年羞答答小渔姑似的新界,现在已变成了风韵十足的洋姑娘了。那次去香港时间仓促,前后待了三天就返回了。

第三次去香港是在二○一一年十一月,去公务学习。我们乘坐免检大巴从龙岗口岸进入香港,走了两个多小时就到了下榻的酒店,在香港一待就是十二天,对香港的风物人情,对香港社会的了解就更加全面,更加深刻了。

香港是一个多元化的城市。我们住在湾仔的骆克道上,从这里到最繁华的中环只有两站路,据说这里还是酒吧区呢。晚上从酒店出来,只见一拉溜灯箱相继亮起,整段街都是酒吧,到处霓虹闪烁。每家酒吧门前都是人群熙攘,一到周末情形就更为热闹。在内地到处都有酒吧的印象里,到香港也就司空见惯不足为奇了。世界已经是开放的世界,任何繁华的城市都是在多元化的交织中发展着,没有多元化就没有繁华可言。

香港是一个高效率的社会。我们培训的地点是在中环金管局大楼

第二辑 锦绣中华

五十六层,这是香港目前最高的建筑,总高八十八层,在香港有着鹤立鸡群的气派,连曾经几十年作为香港地标性建筑的中银大厦也自愧不如。我们上课的教室正对着太平山的山脊,老鹰不时从山顶飞来在周边盘旋,傲视着这片繁华的天空。每天早上八点多我们就到了培训地点,一直到下午五点后才能离开,中午只有一个多小时的午餐和休息时间,课程和实践活动几乎排得满满当当。香港的教育注重消化和实践,不像内地那样搞"满堂灌"。譬如,讲完香港的货币运作、香港的结算及交收系统,就组织到金管局和商业银行参观货币运作流程和系统操作实践;讲完债券市场发展与金融体系的稳定,就组织到香港证交所去实地参观证交所的运作;讲完香港保险业的监管及最新发展,就组织到保险机构去了解香港的保险市场现状和发展趋势,等等。其授课的方式也灵活多样,课堂上老师和学生是平等的,可以相互讨论问题,允许思想碰撞。授课的老师有时还不止一人,可以是几个人甚至一个课题组,力求全面、深入、透彻地解答学生提出的问题,确保授课的质量。从这里可以看出,香港社会和香港人责任、高效、科学、严谨的精神。

香港是一个名副其实的国际金融中心。从一九八二年起,香港实行联系汇率制度,美元作为挂钩货币三十年不变,其货币政策目标是保持港元货币币值稳定,即在外汇市场港元兑美元的汇率保持在 7.8 港元兑 1 美元左右的水平。香港是典型的自由市场,由于有一整套成熟牢固的金融监管体系,使香港经受住了亚洲金融风暴的考验,击退了国际金融大鳄索罗斯一次又一次的进攻。如今,在仅有七百万人口的香港,就有一百五十家持牌银行、十九家有限制牌照银行和二十六家接受存款公司。此外,还有六十七家外资银行在香港设有办事处,分行总数达一千四百家。香港既是一个资金蓄水池又是一个资金集散地,在香港资金进出自由,货币兑换、货币交易和货币结算自由畅通,世界各国的银行、公司都可以在香港上市,资本市场十分活跃,使其成为名副其实的国际金融中心。

香港是一个旅游黄金目的地。这里有一条闻名世界的香江,香江的中心就是被誉为东方明珠的维多利亚港,在那碧波荡漾的蓝色海港,巨大的轮船满载着集装箱进进出出,漂亮的贵族游艇缓缓驶过,充满浪漫色彩的小船在岸边游弋,勾画出一幅幅美丽的画卷。香江两岸,一幢幢摩天大楼鳞次栉比,从江岸、从山脚拔地而起,像塔、像剑、像风帆千姿百态直插云霄,与山与水与海融为一体,构成了雄壮华美的巨幅都市画卷。香江的夜色更加迷人,万幢高楼、万家灯火映照香江,使两岸变成了五彩缤纷的光的海洋,使香江变成了流动着的光的彩带。密集而高大的建筑群,在璀璨的灯光中格外挺拔,楼顶上霓虹流闪,五颜六色,韵味十足的广告牌更是让人眼花缭乱。香江之夜是一个精彩难忘的时空,一个灿若白日的灯火世界。你要是站在九龙的星光大道,踏着成龙、刘德华、容祖儿的脚印,隔岸观看维多利亚港,就会止住步伐沉醉在东方明珠的怀抱里。香港的夜是大气磅礴、美轮美奂的天上人间!香港还有著名的海洋公园、太平山顶、迪斯尼乐园和金紫荆广场。来到香港不能不看金紫荆广场,那是香港的一个标志性广场,位于象征鲲鹏展翼的香港会展中心左侧。广场上竖立着香港回归时,中央政府赠送的金紫荆花雕像,名为《永远盛开的紫荆花》,寓意香港永远繁荣昌盛,这里是香港回归的见证,是一个让国人自豪的地方。

香港是一个当之无愧的"购物天堂"。中环、铜锣湾、尖沙咀、油麻地,到处都是超级别的购物广场。国际金融中心、海港城、时代广场、太古广场、置地广场、崇光百货等,国际品牌琳琅满目,走完一个广场至少要花上半天或一天的时间。位于尖沙咀的海港城更是大得像迷宫一样,一不小心就会找不到出口,迷失方向。在香港,所有世界名牌产品、奢侈品都汇集这里。记得上课时老师对我们说过:"香港之所以成为购物天堂,是因为她能做到让世界所有品牌高高兴兴进来,又让所有来香港的人高高兴兴把品牌买走。"在香港,你可以随心所欲像摘星揽月那样买到你所钟情的东西。

第二辑

锦绣中华

除了大型商场,香港遍地都是小商场,几乎每条街都是店铺林立商场挨着商场,从地铁站出来不经意间也会陷入商场里。价廉物美、品质优良、包装精致是香港商品的最大卖点,一不小心在商场逛上一圈大包小兜就会挂满全身。

香港是一个人性化的大都市。在香港街道连着街道,没有街道的地方都会建起带有盖顶的人行天桥,从地铁站或码头出来,都会有廊桥通到你所要到达的地方,哪怕高楼大厦中也必须留出宽敞的公共通道。在香港不打雨伞也不会淋雨或晒到太阳。我们从中环的金融中心到湾仔码头乘船,一直走在楼廊、天桥上,经过会展中心也从豪华的公共通道穿过。走在香港的廊桥上,从高楼大厦里溢出来的冷气让人感到丝丝凉意。在香港出行方便,无论坐地铁或巴士都使用"八达通卡",只要在上车时或过站处持卡在读卡器上轻轻一放,车费就会自动扣除,不用"掏腰包"。香港的街道路牌清晰醒目,过斑马线时地上标有"望左""望右"的字样,以提醒人们当心来车。每条道路都设有盲道,红绿灯也设有铃音装置,体现了对肢体残障,盲人和失聪人士的人文关怀。人行道上的扶手,也是根据人体活动的适当高度设计,恰到好处,让人处处感到舒心和体贴。在香港处处感受到人性的温暖。

香港是一个安全、秩序的城市。购物、坐车、游公园、上电梯,人人都主动耐心地排队,过马路走人行道,人人主动等红绿灯;公交车、地铁上遇到老弱妇孺,人人都能礼貌让座。香港人相当自律自觉,漫步公共场所,很少发现乱丢的烟嘴、垃圾或乱吐的食物和痰渍,也没看到在公共场所吸烟的现象,哪怕在街道上也很少看到大摇大摆边走边吸烟的人。香港的街道不宽,但极少有堵车现象。香港的警察并不多,但治安秩序良好,整个社会人人谦让、自尊、包容、理解,人人规规矩矩,处处秩序井然。

香港是一片文化厚重的乐土。虽然,西方文化对其影响深刻,但是,香港与内地同宗同文同种,中国文化根深蒂固在香港永远占据着主流地位。第一次去香港的时候，虽然官方使用的是英语，但在香港的大街小巷到处都是熟悉的广东方言，就连官员也能讲出满口流利的广东话。有人说香港只是在西方留过学，她的血管里生生不息流淌着的仍是中华民族的血液。这次去香港感觉更加明显，香港人的民族自豪感和对祖国文化的认同感大大提升。普通话在香港已基本普及，孩子们讲得更加标准，内地人到香港已经没有了语言障碍。培训期间，主办方为我们聘请的老师都能直接用普通话授课，听起来虽有些生硬却有着别样的亲切。负责管班的冯先生，是一位地道的香港人，也是一位资深的中国通，经常到内地考察讲学，谈吐中充满着对祖国的激情和对中华文化的崇拜，常常因为内地翻天覆地的变化而激动不已，因为中华文化的博大精深而津津乐道。培训结束时，主办方在阳明山庄为我们举行了结业晚宴，是在山庄老板的私人豪宅举办的。因到达时已经是晚上，看不清山上的景色，但我们在山下学习天天都看着阳明山庄，早已感觉到它那种居高临下、林木青葱、溪水潺流、泉声淙淙的景致。让我感触最深的是主人对祖国文化的尊重和追求。在这幢豪宅里，主人专门用一层几百平方米的地方来做收藏，在这里可以看到无数的书画真迹，唐伯虎的画、文徵明的字、凡·高的画，听说其中有些画的价值已超过三千多万元。藏品中不乏中国的名书，《四书五经》、《三言二拍》、《红楼梦》等中国古代名著的各种版本、《金瓶梅》，等等。还有近现代的名家名作也被收藏其中，如鲁迅、林语堂、巴金等名家的著作。来到这里，就等同于去了一个小型的中英文图书博物馆。从这间房子里折射出来的香港独特的文化价值，就是在险恶的市场经济浪潮中，冒险家同样需要文化这片乐土，也反映出香港社会厚重的文化底蕴和浓郁的文化氛围。

赏石柳州

　　八年前到柳州参加中国人民银行广州分行召开的宣传思想工作会议，由于时间紧无暇游览柳州，会议结束时从会务组那儿领到一份纪念品，打开一看竟是一块十几斤重、形似棺材的中华国画石（俗称"草花石"），因自小就害怕棺材，见到这块石头时不禁毛骨悚然。本欲弃之不取，但石上的图案牵住了我的眼球，那活灵活现惟妙惟肖的奇花异草、古树松柏、溪流瀑布、高山湖泊跃然石上，好一幅自然风光画卷，使我难以释手。加上柳州的朋友从旁撺掇，说："棺材、棺材，'升官发财'，它代表的是一种进取精神，一种奋发向上的力量。能捡到如此相似的'官财'那是你的'石缘'和你的运气，千万不能错过！"于是，我硬着头皮把它带上飞机辗转广州等地回到三亚。

　　我把这块石头作为家里唯一的装饰品摆放在客厅中间的电视机旁，哪知妻子见到后满腹的不高兴，她认为我给家里带回的不是"运气"而是"晦气"，任凭我怎样解释也无济于事。她还说："柳州是柳州，三亚是三亚，两地风土人情不能相提并论。"于是不知何时那块石头被她当垃圾处理了。打那以后心里总放不下那块国画石，觉得欠柳州什么似的。

　　前不久，终于有机会偕友人重访柳州。从桂柳高速公路入口处看到一个小山头上耸立着新落成的柳宗元石雕像，忽然想起这位"唐宋八大家"的两句诗："岭树重遮千里目，江流曲似九回肠。"诗人笔下一个山清水秀、石美洞奇的柳州展现在我们的面前。旅途中因提起我的那块国画石，陪同我们游览的柳州的朋友便滔滔不绝地讲起了柳宗元的"石论"。柳宗元在任柳州刺史期间，对当地的秀石、奇砚多有留心，在他的《与卫淮南石琴荐启》中，第一次提出了岩石的基本物理属性，提炼总结出"形、质、色、声"四大要素，至今还被柳州人引以为重要的"评石标准"。她还向我们推荐了柳州观石、赏石的好去处——"八桂奇石馆"。

八桂奇石该馆位于柳州市中心区，是全国最大的奇石专类园，占地面积四点二五公顷，建筑用地面积一千四百平方米，展厅面积达三千平方米，馆内常年展出奇石珍品千余件，石种六百余种。进入大门，"激流勇进"的石景迎面而来，动静带水、聚散叠行，宛若天然景观，用石量达八百多吨，其气势磅礴不言而喻。我们循序游览了一楼的展厅、易石斋、石友斋，二楼的展厅和三楼的"藏珍阁"，听讲解员娓娓道来让人心潮起伏惊叹大自然的奇妙无穷。"大化彩玉石"质如美玉，色彩斑斓；"大化摩尔石"其雕塑神韵，形神兼备；"来宾纹石"线条飘逸，疏密有致；"合山彩陶石"肤色如彩釉，雍容华贵；"三江彩卵石"浑圆柔润，古朴典雅；"天峨石"犹如国画大师的丹青遗墨……一尊尊一件件均是难得一见的稀世珍品。如，题为"？！"的摩尔石，简洁的造型，灵动的线条，既像一只秋湖畅游的天鹅回望天际，又似一位翩翩起舞的少女多情回眸，向你，或向他？观后让人欲行又止！名为"环宇图"的三江彩陶石，石上画面如同一幅世界地图，陆地万山红遍，海洋深邃墨蓝，既让人沉思又令人遐想。名为"千年古砚"的来宾石，浑然天成，古色古香。题为"暮色苍茫看劲松"的天峨石，在浅黄色的石面上仅寥寥几笔，便成就了"山在虚无缥缈间，松飘连绵秀峰前"的中国写意画之神韵。而题为"中华魂"的古铜色巨石因其形似中国的万里长城，神似中华五千年文化之年轮，象征中华民族坚忍不屈之气节而成为镇馆之宝，观后让人心潮澎湃意气风发！

随行中的一位朋友是一个知识丰富、爱好广泛的性情中人，参观完

第二辑
锦绣中华

"奇石馆"后在讲解员的鼓动下萌生了"玩石"的念头,正合我重拾国画石之意。于是我们在朋友的带领下来到了柳州或许是中国最大的奇石市场——"柳州奇石城"。偌大的市场,上百家商铺外加一个上千平方米的大棚广场,周围还有专门为各种奇石量身定做底座的几十间工艺作坊,汇集全国上百名能工巧匠,可谓规模宏大、声势浩然。走进"奇石城",上千种"形、质、色、声"要素俱全的奇石林林总总千姿百态,有的像大鹏展翅,有的像鹤翔云端,有的像拓荒劲牛,有的像下山猛虎,也有的像含情少女、痴情儿郎,石上图案更是古漠荒原江河日月风光无限,令人赞不绝口。我们来到大棚广场经过精挑细选后,我挑了四件,而我那位朋友却"石"意盎然一连挑了十几件。

我不仅找回国画石,还添置了大化彩陶石、三江彩陶石和来宾纹石,欣赏之余根据"四大要素"即兴为其题名为"蒸蒸日上"、"智者'龟'山"、"长城一角"、"两岸猿声啼不住",等等。而朋友却拿着一块石上画面宛如流出深山的一条江河,河面舟帆点点、岸边桃红柳绿的大化彩陶石,兴致勃勃地吟了一句"轻舟已过万重山"。他那十分专注的神情深深地感染了我,让我想起了白居易"弄石临溪坐,寻花绕泉行,时时闻鸟语,处处听泉声"的玩石意境,看来等到垂暮之年也只有玩石吟诗与石结缘了。

法兰克福印象

　　五月二十日上午九点四十五分，我们从北京首都机场国际候机楼登机，十点三十分分飞机起飞，经过十个多小时的飞行，于当地时间二十日十四点三十分到达德国的法兰克福。

　　我们乘坐的是德国汉莎航空公司的航班，乘务员中除了一名中国籍空姐外，机组人员全部都是德国人。飞机上的服务可以说是上乘的，十个多小时的飞行中，除了免费提供两顿正餐外，还随时有茶水、咖啡、果汁和法国红酒、德国啤酒甚至高度白酒供应。我坐在过道边的座位，靠窗的是两位法兰克福小姐，她们穿着时髦，非常端庄礼貌，每次进出都要微笑着跟我做手势打招呼，回到座位后总忘不了要说上一声"thank you！"我的英语水平有限也只懂得"good morning！""thank you！"几句而已。机上的广播用的是英语，遇上餐食和茶水供应时，两位法兰克福小姐要些什么我也示意跟着要什么。也好，从上飞机开始就学着吃西餐、品西点，为后面十几天的欧洲之旅做好饮食能力的训练和储备。

　　这两位法兰克福小姐，既礼貌大方，又极富爱心。飞机快到法兰克福时，机长通过广播号召乘客们向非洲贫困儿童募捐，这也许是飞机上一项常态化的活动，但只有为数不多的人包括这两位法兰克福小姐捐了款，一时间我觉得她们高大了许多，也使我对法兰克福人民肃然起敬。

　　从法兰克福机场出来，这里给我的第一印象是绿化特别好，到处郁郁葱葱,生机盎然。每棵树每片叶子都像刚刚洗过一样,干净、鲜亮、碧绿。听说四、五月份法兰克福多是雾雨天气,时常灰沉沉、雨绵绵的阴冷潮湿,但我们到时却是一片难得的好阳光。来接我们的是一位年轻的中国导游,他诙谐地对我们说,法兰克福人民早就盼着你们来了,不仅带来温暖和煦的阳光,还带来光鲜豁亮的人民币。

法兰克福作为德国乃至欧洲的金融和贸易中心,却没见高楼林立,其建筑多是六至八层的楼宇,城市空间宽阔,没有喧嚣,没有压抑感,处处显得新鲜、宽敞和通达。街道上行人甚少,导游说双休日全城都在休息,店铺大部分都关门,不像国内大城市那样,节假日到处车水马龙、人山人海。

车子进入市中心,沿着美茵河畔缓缓行驶。美茵河是欧洲著名的国际河流莱茵河的一条支流,蜿蜒贯穿整座法兰克福城。沿河两岸绿树成排,林木遮天蔽日。河岸青翠碧绿,河中水流清澈,波光粼粼。不时有三三两两的市民在岸边跑步、健身,一路绿色陪伴,一个个身影在水中游动。河中有游艇来回穿梭,人们坐在白色的游艇上,欣赏沿岸的美景,还有教堂、宫殿、现代建筑,仿佛穿行于时空之中,时而把人的思绪抛向遥远的过去,时而让人陶醉于现代都市的浪漫和多姿多彩的画面之中。

到达老城区已是下午五点多,我们抑制不住内心的兴奋和激动,全然不顾旅途劳顿,来到了罗马人之丘广场,参观这里密集的古建筑群。广场周围随处可见栩栩如生的雕塑,建筑物的门楣柱端、廊廓窗檐尽是荡气回肠的故事。罗马人之丘是法兰克福文明的摇篮,这里曾经发现过法兰克福最古老的先民遗迹。在罗马帝国时期,这里曾经举办过欧洲最早的商品交易会,成为名噪一时的商品交易中心,至今在广场中心的喷水池边还耸立着一座正义女神的雕像,女神高高举着公平秤,成为公平正义的象征。如今,商品交易中心已不复存在,广场已被辟为市民集会和休闲的场所。广场中央,女神举着的公平秤,正面对市政大夏,似在无时无刻地监视着市政府的行为,让人感到德国的民主和公正。女神雕塑旁有一位男

歌手穿着正装,在太阳底下大展歌喉,听说是为了推销个人专辑,歌声优美动听,不时有人在其地上的行囊中投下钱币以示赞赏。法兰克福人非常休闲、懂得享受生活,广场周围有人坐在露天椅子上晒太阳,有人在露天咖啡茶座喝咖啡,大多是成双入对的中老年情侣,他们或窃窃私语或聆听艺术家的歌唱,一派清静祥和的景象。

罗马人之丘广场以东,耸立着一座建于十四世纪的"皇帝大教堂",是典型的红色砂岩砌成的罗马式建筑,顶部有大大小小六座尖顶塔楼组合,最高处达九十五米,至今仍是法兰克福的标志性建筑。进入其间,从不同的角度都可以看到高低错落形似莲花叶瓣,经过精雕细琢而成的半椭圆形拱顶。教堂中央点燃着星星点点的油灯,耶稣在十字架上蒙难的那种神圣感,教徒们坐在长条椅上默念圣经以及前膝跪地在胸前画十字时的那种虔诚,无不让人感慨天主教对欧洲人灵魂的影响之深。在教堂里还陈列着历代大主教为皇帝加冕时所穿用的华丽法袍,其做工之精美更是让人赞叹不已。

法兰克福有一条著名的购物步行街——采尔大街,这里云集了来自世界各地的知名品牌,多个大型购物中心、商店林立,人们在这里可以找到自己所需的商品,因此被誉为"步行者的天堂"。与其他大城市一样,在各个购物店铺中间还夹杂有咖啡厅、餐馆和娱乐场所,人们在购物之余还可悠闲自得地享受生活。法兰克福的街头,也有露天饮食,店家撑起太阳伞,摆上一溜桌子,顾客自由地喝着啤酒、吃着西点,充满着浪漫气息,傍晚时分露天餐饮集聚着众多帅哥美女成为街道上一道靓丽的风景线。

法兰克福也有地下餐馆(多为地堡餐厅)。到法兰克福的第二天,当地的朋友宴请我们,就到了法兰克福最古老最传统的地堡餐馆去用餐。那地堡是个古代烧砖的窑子,还保留着原始凹凸不平的砖式圆弧穹顶,墙根尚有通风口和烟囱口通往地面,墙壁上的砖头多处已有燻黑和磨损的痕迹。没有窗户,店主装上比较原始的落地大风扇并借助地下的潮冷给客人降温。餐桌非常简单,都用原木钉成,两条原木木板一大一小、一高一矮横贯整个地堡,组成一排排桌凳,客人先来先坐坐满为止。餐食中西混合,啤酒是最大卖点、最具特色,听说这里的啤酒是纯德国味的,在这里才能真正体味到德国的啤酒文化。在餐馆老板的盛情推介下,我们一行点了号称最传统的"大杂烩":香肠、烤肠、猪手、猪排、猪杂一锅煮,锅底垫有酸菜、马铃薯等杂七杂八的菜品堆得像座小山一般,足有几公斤重。店主还为我们点了最古老的手工酿制、土制陶瓶装的无泡啤酒,并给每人倒上了几十厘米高的一大杯,让我们喝上了最传统的真正意义上的德国啤酒,清爽、可口、让人回味无穷……

在国内的西餐厅经常看到外国人吃东西举止斯文,不像中国人那样恣意随性。但在法兰克福这家地堡餐馆里,看到这里的食客照样用手抓排骨吃得盅盘狼藉。在当地朋友的鼓惑下,我们也斗胆鼓起勇气,手抓猪排,左右开弓,个个吃得嘴上流油,脸上生辉,弄得整个餐馆不亦乐乎!地堡一餐给我们留下了极其深刻的印象。

夏日海德堡

从法兰克福坐一个多小时的车就到了德国著名旅游文化之都——海德堡。海德堡面积一〇九公里,人口仅有十五万人,相对于法兰克福这个国际大都市,她是一座幽静的小城,是法兰克福的后花园。

海德堡坐落于奥登林山,傍内卡河而建,依山傍水风光无限。时值初

夏,万枝披绿,青山绿水间的海德堡,绿树掩映,加上石桥、古堡、白墙红瓦的建筑,充满着浪漫和迷人的色彩。在世人的心目中,海德堡是浪漫德国的缩影,备受诸多诗人、文学家、艺术家的宠爱,是让人"丢魂"的地方。难怪乎,伟大的德国诗人歌德漫步这里,留下了"把心遗失在海德堡"的诗句。美国幽默大师、著名演说家马克·吐温来到这里,也赞叹不已地说,这是他"到过的最美的地方"。

海德堡拥有引以为傲的欧洲最古老的教育机构——海德堡大学,它培养过十位诺贝尔奖得主,著名物理学家瓦尔特·波特就出自这里,著名的能量守恒定律也是海德堡大学提出的。听说二战期间,海德堡是德国唯一没有遭到盟军飞机轰炸的城市,主要得益于盟军空军上层中,许多人曾经是海德堡大学的学生。

海德堡还拥有引以为荣的中世纪古城堡——海德堡城堡,它坐落于内卡河畔树木繁茂的国王宝座山顶上,始建于十三世纪,历经四百年才完工,是一座砖岩筑成的红褐色古城堡,为选帝侯(拥有选举国王和皇帝权利的诸侯)卡尔·菲利普宫邸的遗址。尽管十七世纪曾经两度遭法国人摧毁,如今已满目疮痍,到处残垣断壁,但其居高临下的本色,傲视苍穹的气概,还有值得称道的哥特式、巴洛克式、文艺复兴式的混合体建筑,使其依旧成为海德堡城的标志性建筑和海德堡人甚至德国人的骄傲。

我们是从山脚景区管理处乘坐电缆车上国王宝座山顶的。踏着石板路进入红褐色古城堡,首先映入眼帘的是没了围墙的城门,叫"伊丽莎白门",也叫"爱情门"。之所以叫"爱情门"是因为一六一五年,国王弗里德里希五世为了庆祝皇后伊丽莎白的生日,下令在一日内建成。虽然城墙内外多已毁损,但这个一天内建起的城门,历经四百年烽烟依旧耸立如初,成为爱情天长地久的象征。传说情侣在门前留影,定会缔造美满姻缘,同行中有许多人频频启动相机,在此留下了美好的记忆。

从大门进入海德堡城堡,红褐色的高墙叠地而起,高几十米。古城墙上窗框之间均有红砂岩雕塑，一尊尊巨大的披着盔甲的武士、穿着战袍的将相，活灵活现威武无比，让人为之震撼。城墙以外几乎成了废墟，而城堡下多处却开辟成展馆供游人参观。其中，城堡酒窖和地窖游人较多。酒窖里有两个直径分别为三米和一米的酒桶，关于大酒桶还有一个传说：一个名叫佩克欧的宫廷弄臣，受命专门看管这个大酒桶，据说他是个千杯不醉的酒仙，平日以酒代水。久而久之，人们为了他的健康，劝他多喝水、少喝酒，想不到这位酒仙喝下第一杯水后当即暴毙。如今大酒桶对面的墙壁上依然挂着佩克欧那笑容满面的肖像，作为对酒当歌欢乐人生的象征。而对面地窖里展示的却是十六至十八世纪的药草和制药器具，包括试管、烧杯、蒸馏瓶、研钵及杵、漏斗、刮勺、天平等器皿，古老而有趣。参观这些药草和器皿，让人想起中国源远流长的中医药，正是这些中医药对人类健康做出了无与伦比的贡献。

走出酒窖、地窖，来到古堡前的大阳台，苍翠的绿色里一片白墙红瓦的旧城区尽收眼底，宝座山下内卡河静静地流淌，仿佛在述说着如烟如梦的历史；夏日的阳光，尽情挥洒在古桥和屋顶上，折射出欧洲文艺复兴的光辉。缓缓吹来的凉风，城堡里飘逸的幽情古韵，让人仿佛置身于人间仙境，忍不住要赞叹那些为这块土地耕耘而流血流汗的圣贤先哲们！回首宝座山上茂密的树木，树影下那扇风情依旧的伊丽莎白门，歌德笔下的少年维特们谁不为之倾倒，谁的心不因她而遗失？

在开往巴黎的列车上

五月二十四日下午两点多,我们坐上了从法兰克福开往巴黎的高速列车。列车分上下两层,上层为头等车厢,我被安排坐在头等车厢里。有人说,开往巴黎的列车,有着等待爱情的薰衣草,有着令人神往的普罗旺斯。这回,我真的坐上了开往巴黎的列车。猛然间,沉醉在"宠辱不惊,闲看庭前花开花落;去留无意,漫随天外云卷云舒"的意境里。常言道:官场少有常青树,财富总有用尽时。坐上开往巴黎的列车,就应该告别悲愁和怨意,甩掉凄凉与失落,背起酣畅与坦然去感受人生的精彩。

列车一出站就飞速行驶,绿色像无边的海洋窜入眼帘,印进心里,既养眼又怡心。有人说,一种美好的颜色是对另一种颜色的颠覆。这种无边无际的绿,顷刻之间就会覆盖人心中所有的尘埃,换上新鲜美妙的记忆。梧桐、松柏、叫不出名字的树木举目苍翠,一垄垄整齐有序、色彩鲜明的荞麦、大豆、葡萄,像一块块舒展的地毯铺向天的尽头。车窗之外,眼之所触,无一不是绿色,无一不露生机。哪怕是一颗老树,也不甘寂寞总要萌出一些新叶来;小树和嫩苗更是流动着一波波动感的意韵。远处一片片森林,像一块块翡翠,撒落在绿色的巨盆里。还有一掠而过的湖泊,像一面面镜子,装着蔚蓝的天空!旷野里的村庄,总是在园林中出现。看不到牛和羊的影子,却看到农庄里现代化的机械设备,还有庄稼地里的喷灌设施。喷在麦苗上的透明水珠,星星点点闪闪烁烁,像细细碎碎的绿宝石……

令我感到惊讶的是，列车上的德国人总是轻声细语，如果我们不在，车厢里根本就没有声音出现，难怪经常看到外国人呼吁："中国人，你们能否安静点。"看看窗外，德国境内的高速铁路旁，没有围栏，更没有铁丝网，列车在平原上飞驰，穿越企业、学校、乡村，竟没听说有任何交通事故。可想而知，德国的民众是何等的自律、自觉！

列车飞越德法边境，进入了如梦似幻的法国境内，那是艺术的王国，普罗旺斯的国度。这里有亮丽的阳光，蔚蓝的天空，青紫色的薰衣草！平原竟是如此夸张，几百公里竟没看到一座山，一马平川尽是绿色，没有一块风沙，没有一片荒漠，那种全覆盖的绿简直无法用文字来形容。森林一片茂盛、翁郁，看不到枯枝败叶；庄稼像修整过一样整齐规则，翻着层层绿浪的小麦一望无际；开着花儿的方格，在绿色的天地里是那样的鲜艳夺目；还有低头吃草的牛羊，像是绣在地毯上的画面……

法国是牛奶生产大国，特别是奶酪，产量位居世界第一。养牛应是法国农业的一大亮点，这里土地肥沃，物产丰饶，人规矩牛更规矩。牧场上，看不到狂奔的疯牛，肥壮的牛群在各自的领地啃着青青的草儿，吃饱了就在那里老老实实地站着，没看到打架捣蛋的牛，也没看到躺着睡觉的牛，只有老实、温顺、听话的牛。

快到巴黎的时候，列车加快了速度，达到了三百二十公里／小时。傍晚的夕阳，给绿色的大地披上了金黄色的面纱，神话般的巴黎在人们的企盼中越来越近了。我抑制不住内心的兴奋和激动，用心去记录着车窗外的花团和五月的春色。巴黎的郊外是清净的，没有烟囱林立的厂房，没有你拥我挤的高楼，没有行色匆匆的人流，只有绿树环绕别具特色的奥斯曼式建筑，还有宁静平和的村庄，那如诗如画的屋子，屋子旁的石桥、流水、花苑，把人带进了仙境般的世界……

在缠绵的遐想中，列车悄无声息地驶进了巴黎东站。那是一座外观

第三辑 风情欧洲（上）

简陋的车站,站棚是分隔式钢架结构,一条站台一顶伞棚,显得非常简朴,没有一点铺张奢侈的感觉。站台上没有警察,也不见乘务人员,旅客们井然有序地走出验票口,随之走进了一个朴素婉约、充满幻想的驿站——巴黎。

五月的巴黎

　　傍晚到了巴黎,穿过一条条梧桐大街,来到了第十一区贫民区。也许是巴黎房价较贵的原因,我们入住贫民区一家叫"索芙诺"的星级酒店。我住在十一楼,从房间里隔着玻璃可以看到暮色里巴黎繁华的一角,暗淡的黄昏中不乏巴黎"光彩之城"的气派。

　　因住在一个特殊的区域,于是想起那首孩童时就唱得滚瓜烂熟的《国际歌》,想起国际歌的词作者欧仁·鲍狄埃和工人作曲家狄盖特。尽管"旧世界(已被)打个落花流水",中国无产阶级过着"英特纳雄耐尔"的日子,但流着红色血液的身体里,"满腔的热血已经沸腾",迫不及待要看看《国际歌》的发源地,巴黎昔日"受苦的人"是否已经做了"天下的主人"!而此时,街道上已经行人稀少,似水如流的车辆缓缓驶向繁华的市中心,发乎于情的念想只有留给"团结起来到明天"了。

　　虽然巴黎的夜来得比较晚,九点天才完全黑下来,但是早晨来得特别的早,不到六点天就大亮。因为兴奋与念想,那一夜没有睡好,早早就从床上起来,隔着窗玻璃看到对面马路边上已经摆满了地摊,晨雾里人头攒攒,于是匆匆洗刷后就下了楼。

五月的巴黎,早晚依旧有些凉意,我挟着凉风横穿马路来到了"旧货市场"(地摊),顿时为那里摆着的货物咋舌甚至作呕。哪是什么旧货,简直就是垃圾!旧得无法再穿的衣服,从垃圾桶里捡回的鞋子,要品质没品质的"古玩",还有旧箱包、旧电器、旧手机、旧手表、旧日杂,要是在国内这些东西早就被丢到垃圾堆里了。北京的古玩市场一不小心就可以淘出几件宝贝来,深圳旧货市场的家具电器都是有钱人换下来的,想要多鲜亮就有多鲜亮。国际大都市的巴黎,竟有这些穿不了用不上的旧衣服旧鞋帽,实在是有损形象、大失水准。然而,市场上依旧有人在成交,拎走一件件旧衣服和一双双旧皮鞋。可见在巴黎,欧仁·鲍狄埃笔下的"受苦人"还在,他们依旧过着"饥寒交迫"的生活。看来,巴黎也不是十全十美的伊甸园!

我在一个中国女同胞摆的地摊上看到一块小巧玲珑的旧手表,外观金黄色,光泽略显鲜亮,于是好奇地问女同胞这是什么品牌,女同胞坦率地说"不知道",没有欺骗的意味。

我又问这块手表是怎么来的?女同胞回答更是干脆利索,"是捡来的!"

出于同情,我动了购买的念头,问女同胞多少钱卖?女同胞说:"就给三欧元吧!"情真意切。

于是,我掏出了三欧元硬币塞给她,生意就算成交了。其实,我是想给她开个好市头,毕竟在异国他乡,特别是在巴黎,遇到此境遇的同胞,能不让人同情吗?

回到同伴中大家看了这块旧手表,就连留过法的高才生都说不出它的牌子,有人说是哄小孩的玩具。我也认了,就那三欧元嘛,能买上什么手表呢?

可以肯定的是,在欧洲旅行的十几天,那块手表始终没有走过,它陪

第三辑 风情欧洲(上)

伴着我离开了花都巴黎,辗转意大利、梵蒂冈等其他国家,最终回到了同样有许多人为了生计而露宿街头的国度。然而,它毕竟是一块手表,那流落在巴黎街头摆地摊的女同胞是否翘首企盼茫茫的回家路?

登上埃菲尔铁塔

在画报杂志上,在银幕和荧屏上,经常看到埃菲尔铁塔的绰约风姿,早就仰慕这座被法国人称之为"铁娘子"的建筑。来到巴黎更是迫不及待地要把"铁娘子"的姿容装进心海里。

五月二十六日,吃完早餐导游就把我们带到了埃菲尔铁塔下,太阳才刚刚露脸,巨大的铁塔底下就已经挤满了人。上铁塔有两种选择,可乘坐电梯也可以走楼梯。因电梯前已排起了长龙,我们选择了走楼梯。走楼梯的人流中有不少日本人和韩国人,更多的是中国人,入口处的检票员也懂得几句生硬的普通话,可见到巴黎来旅游的中国人不少。经过简单的安检,我们顺利地登塔。

据导游介绍,铁塔分为三层,分别在离地面五十七点六米、一百一十五点七米和二百七十六点一米处。我随着人流登上了第一层,绕着护栏在观光台走了一圈。塞纳河在底下不远处缓缓流淌着,河岸绿树成荫,河面上横跨着各式造型精美的桥梁,墨绿色的河水中来往穿梭着各式游船,有敞篷游船和玻璃观光船,尽显浪漫巴黎的本色。河岸边的建筑群更是让人惊叹,以铁塔为中心,一大圈鳞次栉比层数不高的楼宇向远处延伸,直至天的尽头。近处看到的都是清一色的奥斯曼式建筑,朦胧中不乏高高耸立的塔尖,那是哥特式建筑中教堂的尖顶,当然也少不了文艺复兴式建筑,巴黎可以说是世界建筑的大观园。在这里,每一栋古建筑都是一座雕塑艺术作品。在接近天际线的地方,有一片高层建筑,那鲜艳的颜色,还有幕墙玻璃在晨曦中熠熠发光,那是现代化的建筑群,彰显着巴黎既古老又年轻的形象。

在第一层上尽情地游览了一圈,因年纪大加之膝盖风湿痛又有恐高症,意欲就此下塔,但看到游人络绎不绝地登顶,其中也有不少长者,于是下决心再往二层攀登。从一层到二层有六十米高,要爬近四百级的阶梯,这是一次毅力和意志的检验。我咬紧牙关紧抓扶手克服膝盖处的隐隐作痛,拼尽力气爬上了一百一十五点七米高的二层。到达二层时,心脏怦怦直跳,头部有明显的压迫感,脸上灼热,呼吸有些急速,不得不在平台上做片刻休整。等到神情舒缓后,隔着铁丝网瞭望巴黎,猛然间,想起王之涣《登鹳雀楼》中的诗句:"欲穷千里目,更上一层楼。"塔前一望无际的楼群,缓缓远去的塞纳河,千里风光满目妖娆。巴黎的美妩媚、婉约、大气、壮丽……用任何赞美的文字来形容都不过分。我忍不住举起相机将铁塔四周迷人的景色收了进去。塔上凉风习习,似从"铁娘子"的胸腔吹来,让人感到莫名的惬意。站在二层的平台上,那种钻进"铁娘子"心脏的感觉,更是让人难以忘怀!

从塔上下来,导游把我们带到了埃菲尔铁塔广场,从广场上看埃菲尔铁塔,绿茵上的她更是亭亭玉立风姿绰约,白云下的她更是傲视苍穹直指蓝天,用"铁娘子"来形容恰如其分。于是,游人争先与"铁娘子"合影,有的张开双臂把"铁娘子"抱进怀里,有的伸出手掌把"铁娘子"托在掌上来一张"托塔天王"。拍完照,大家最想听的,是"铁娘子"从孕育、出生到成熟的那段饱经风霜的历史——

为庆祝法国大革命一百周年,法国政府举办了一次规模空前的世界

博览会,并决定建造一座象征法国革命和国际巴黎的纪念碑。当时组委会只希望建一所古典式的、有雕像、碑体、园林和庙堂的纪念性群体,但在七百多件应征方案里选中了桥梁工程师居斯塔夫·埃菲尔的设计:一座象征机器文明、在巴黎任何角落都能望到的巨塔。可是在签约时,法国政府只承诺给埃菲尔提供五分之一的建设资金。埃菲尔为了实现他的设计,将他的建筑工程公司和全部财产抵押给银行作为工程投资,以保证铁塔的建设。

埃菲尔铁塔于一八八七年一月动工,至一八八九年三月历时两年多建成。整座建筑使用钢铁金属一万吨,施工时共钻孔七百万个,使用铆钉二百五十万个,钢架连接处全部用铆钉固定,建成后铁塔高三百米,直至一九三〇年始终是世界的最高建筑,成为法国的符号和世界建筑史上的杰作。然而,埃菲尔铁塔在开建伊始,就遭到了大部分巴黎人的冷淡和抗拒,他们认为这一剑式铁塔将会把巴黎的建筑艺术风格破坏殆尽。即使在建成后,批评的声浪也从未停息过,就连法国著名诗人魏尔伦也把它视为"丑妇",每回路过铁塔都要另择路径以避免看到那"丑陋"的形象。一时间,由埃菲尔铁塔引起的风波席卷了整个巴黎城。

后来,由于埃菲尔铁塔在第一次世界大战中,被用来架设无线电通讯天线,使其在无线电联络方面做出了重大贡献,反对的呼声才逐渐平息。自此,"埃菲尔"铁塔才洗去耻辱,并逐渐被接受、被喜爱,最终名正言顺地爬上了画家们的画布,走进了诗人们赞美的诗句里。经过多次大型的维修和完善,如今的埃菲尔铁塔已经成为法国人心目中叱咤风云的"铁娘子"!

埃菲尔铁塔是法国的也是世界的,是人类智慧的结晶。我为埃菲尔铁塔,更为登上埃菲尔铁塔而感到骄傲和自豪。"埃菲尔"这个用钢铁铸成的名字将与铁塔永存!

卢浮宫的残缺之美

　　上中学的时候读历史，就知道巴黎有座卢浮宫，那是世界上最大的艺术宫殿。因为自己是个农民的儿子，从来就没有想过有机会能到卢浮宫。这次终于有机会到欧洲学习，有机会走进了金字塔下面的卢浮宫，走马观花式参观了其中的古代埃及文物馆、古希腊与古罗马艺术馆、绘画馆和雕塑馆。仅这四个馆中展出的古文物、书画等艺术珍品就多达一万零五百件，这与卢浮宫馆藏的世界各国四十多万件艺术珍品比起来还不足个零头。

　　在我们参观的四个展馆中，古代埃及文物馆共有二十三个展厅，我们只瞻仰其中的神庙断墙、基门、木乃伊和公元前二六○○年的人头塑像等几个部分。古希腊与古罗马艺术馆，其藏品多达七千余件，我们只参观了其中的雕塑部分，因为雕塑在该馆内占有主导的地位最具代表性，雕塑珍品中最引人瞩目、令人赞叹不已的应属"萨姆特拉斯的胜利女神"和"爱神维纳斯"。在这两件不朽作品处，同伴们争先拍照，因此耽误了许多时间。来到绘画馆，一幅幅悬挂在展厅墙壁上的世界名画真品让人目不暇接，其中有我认识的拉斐尔的《美丽的园丁》、安格尔的《土耳其浴室》、路易·大卫的《拿破仑一世的加冕典礼》等，作品出神入化、妙趣横生。而最令人震撼的是风靡全球的达·芬奇油画《蒙娜丽莎》，它被放置在一个大厅中，用玻璃罩罩着特别加以保护，让人真切感受到蒙娜丽莎那永恒

第三辑　风情欧洲（上）

的微笑。在雕塑馆人们还可以看到《基督受难头像》《十字架上的耶稣》等表现宗教题材的佳作。可以说，卢浮宫是一部名副其实的人类文明史百科全书，它为我们呈现了一个独一无二的人类艺术和文明发展的全景。

从卢浮宫出来心情难以平静，为这里的艺术珍品所震撼，特别是为被誉为世界三宝的《维纳斯》塑像、《蒙娜丽莎》油画、《胜利女神》石雕惊叹不已！在这里，我特别要赞叹的是它们的"残缺之美"。

"萨姆特拉斯的胜利女神"创作于公元前三世纪，高三点二八米，与其说她屹立在海边山崖之巅迎着海风展翅欲飞，倒不如说她勇立在战船上乘风破浪勇往直前。据说，这座石雕是一八六三年从萨姆特拉斯岛的神庙废墟中被发掘出来的，虽然已经没有了头和手，但从最能凸显女性力量的部位，即其健美的胸部，仍可看出那种昂首挺胸无所畏惧的力量犹存，加之神话般巨大的双翅，展现出女神迎风展翅战无不胜的气魄。我想，如果再装上一个女性温顺柔善的头像，反而会降低那种凌风展翅压倒一切的效果，这钟缺陷无疑呈现出一种"残缺之美"。尽管女神失去了头部和双臂，但她健壮丰腴、姿态优美的身躯，雄健而硕大的羽翼，展现出胜利者的雄姿和欢呼凯旋的激情，人们通过丰富的想象可以弥补女神身体上的残缺，使她成为世界上最完整最完美的女神。

"维纳斯"对于人们来说就更加熟悉了。女神维纳斯庄重而优美，面部表情宁静肃穆，给人以矜持智慧的感觉。尽管女神裸露着上身，但不失端庄典雅；虽然她缺少了双臂，却依然亭亭玉立。据介绍，"维纳斯"能收藏在卢浮宫是很偶然的。一八二〇年，希腊爱琴海米洛岛上的一位农民在挖土时发现了一尊美神。消息传出，一位正在米洛港的法国军舰舰长立即赶到现场，想把这一宝物买下，但苦于没有现金，结果被一位希腊商人抢先买下。法国人不甘心，驱舰前往拦阻，双方发生混战，结果把雕像的双臂打碎，后来米洛地方当局出面解决，并决定由法国人买下雕像，以贡献给法国国王。就这样，"维纳斯"被运到法国，收藏在卢浮宫。

　　也许是上帝的造化，塑造了一个形象残缺、心灵完美的"维纳斯"。希腊人崇拜她，说她是美神和爱神；巴黎人仰慕她，说她是巴黎人的母亲。"维纳斯"的美让世人为之倾倒，她纤长的眉目，清澈的双眸，挺直的鼻子，微微上翘的两片薄唇……无论从正面、侧面和背面，都体现出无与伦比的曲线美。尤其是那双断臂，使维纳斯独具一种残缺之美，绽放变幻无穷的生命光彩。没有惋惜，只有惊叹！我想，如果找回那双残臂，无法想象应该让它安放在哪个位置。如果把右臂放在肚脐，就会失去她的矜持端庄之美。有人试图复原，让维纳斯的右臂微张，手中拿着一个苹果，我想要是那样，会使维纳斯身上的曲线美大打折扣。也有人想让维纳斯的左臂放在髋部，勾住即将滑落的衣衫，我想要是那样，会使维纳斯失去典雅大方之美。总之，无论那双断臂放在哪里，都将成为这部作品无法弥补的败笔。其实，作为现实中的人，残缺并不美丽，而作为艺术品它留给人的是美丽的想象空间，没有想象就没有艺术感染力。"维纳斯"的残缺，恰恰把这种想象放大得更为突出，更为震撼，留给人的是一种想象之后的美，一种暗示的美，一种令人惊叹的美。

　　《蒙娜丽莎》又称《永恒的微笑》，被认为是西欧画史上首幅侧重心理描写的作品。蒙娜丽莎端庄俊秀，脸上含着深沉、安谧的微笑。那微笑，霎时让你感到一丝温柔，而瞬间即逝的感觉，又让你有些失落。更奇妙的是，在这幅名画之前，不论你从哪个角度去看，蒙娜丽莎的目光总是注视着你，仿佛她就在你的身边。同伴中有人发现，蒙娜丽莎没有眉毛，也看不到一点耳根。当然，蒙娜丽莎的秀发遮盖了她的双耳，从画作上完全可以理解。可蒙娜丽莎的眉毛呢？于是有同伴开玩笑说，那个时代的蒙娜丽莎营养不良造成眉毛松脱。然而，玩笑归玩笑，我认为那是达·芬奇给世人留下的又一"残缺之美"。试想，要是给蒙娜丽莎添上一绺眉毛，哪怕是最弯最细的眉毛，蒙娜丽莎那微突的眉眶、直挺带钩的鼻子，就会失

去其精彩与绝妙。就会分散人们对其脸上那种平静安谧、哀伤凄楚,甚至讥嘲和揶揄微笑的感悟与欣赏。然否,与读者诸君分享。

神话仙境香榭丽舍

在参观完令人震撼的艺术宫殿——卢浮宫博物馆后,导游把我们带到了位于卢浮宫与新凯旋门连心中轴线上的香榭丽舍大街(也叫"爱丽舍田园大街")。其街名取自希腊神话"神话的仙境"之意,"香"意为田园,"爱丽舍"意为"极乐世界",法国人形容它为世界上最美丽的街道。

"香榭丽舍"是徐悲鸿先生在法国留学时对其的中文译名,既有古典的中国韵味,又有浪漫的西方气息。"榭"是中国园林建设中架在水中的观景平台,而曾经的"香榭丽舍"就是一片傍塞纳河的水榭泽国,现在依然是让世人难以忘怀的观景好去处。街道上弥漫着浓浓的咖啡、香水味道,是一处名副其实的"香榭"。而街道两旁典雅的奥斯曼式建筑,被称为"丽舍"也毫不为过。徐悲鸿"香榭丽舍"的中文译名,不愧为这条"田园大街"锦上添花。

来到香榭丽舍时正值中午,五月的巴黎到处花团锦簇,明媚的阳光下处处洋溢着春天的气息。一行行笔直而浓密的法国梧桐竖立在街道两旁,如蓬似伞的枝叶向四周铺展为行人遮阳,站在梧桐树下看着大道中央车水马龙的繁华,看着人行道树荫底下"似闲庭信步"的行人,闻着法国香水的阵阵幽香,静静地体会巴黎的热烈与浪漫,让人感到不是仙境胜似仙境。

街道两旁布满了法国和全世界的大公司、大银行、大商场和大饭店。国际知名品牌汇聚这里,沿街两旁高级时装店、高级轿车展示中心、电影发行公司、影剧院、娱乐品专卖店、高品位餐厅、酒吧和夜总会星罗棋布,装点着这个浪漫又时尚的巴黎城最美丽的传说。即便是普通人,光看看沿街琳琅满目的漂亮橱窗,看看穿着光鲜、喜气的人流,也会大饱眼福,心中大放异彩。

我的同伴中大部分都是喜欢购物的人,他们来到香榭丽舍大街就抵挡不住橱窗里的诱惑,一窝蜂进了大商场去抢购国际品牌的手表、服装、化妆品……而我却流连在香榭丽舍街头,努力去寻找大仲马《基度山伯爵》里那些贵族们娱乐的天堂和基度山伯爵复仇的根据地——香榭丽舍大道三十号;去寻找小仲马《茶花女》里沦落风尘的巴黎名妓玛格丽特弥留之际与心中眷恋的情人阿芒见面的地方,借此凭吊玛格丽特那高贵而善良的灵魂。时而站在梧桐树下,回味巴尔扎克《欧也妮·葛朗台》里暴发户葛朗台爱财如命,不仅把妻子折磨致死,而且破坏女儿欧也妮终身幸福的悲惨情景;感慨《高老头》里高老头无止境地满足两个爱女的虚荣心和奢侈生活,最终逃脱不了钱财花尽被女儿遗弃,在孤独中死去的命运……

记得上中学时,读巴尔扎克的作品总爱把他和中国的鲁迅联系起来,巴尔扎克对资本主义社会金钱罪恶的批判和鲁迅先生对封建主义社会人吃人罪恶的鞭挞,可谓形似一辙,刮骨疗毒。来到法国巴黎,对巴尔扎克的景仰之情油然而生。无论是巴尔扎克或者是鲁迅先生,他们笔下那些"腐朽没落"已经成了过眼烟云,如今的巴黎已经成了国际大都市到处生机勃勃,香榭丽舍大街无处不是迷人的景色:宽敞、明净的街道,独具特色的建筑,秀色可餐的梧桐树,梧桐树下摄人魂魄的美女……

我沿着林荫大道一路思索、一路拍摄,来到了气势雄伟的凯旋门前。游览卢浮宫时,其广场上也有一座凯旋门,那是一八〇四年法兰西第一帝

国成立后,拿破仑被拥戴为帝国皇帝的第三年,按照他的梦想修建的第一座凯旋门——卡鲁塞尔凯旋门,法国人叫它"旧凯旋门"。而屹立在香榭丽舍大街西端戴高乐广场上的凯旋门是拿破仑修建的第二座凯旋门,法国人叫它"新凯旋门"。这座凯旋门是世界上现存的凯旋门中规模最大、同时也是知名度最高的一座。然而,历史的车轮总是没有按照个人的意愿前行,凯旋门也没有按照拿破仑的愿望如期竣工,这位常胜将军在一八一五年六月遭遇"滑铁卢"后再次被流放,五年后在大西洋的一个小岛上孤独地死去。到一八三六年七月二十九日凯旋门落成时,他已经离世十五年了。又过了五年,法兰西人终于给了拿破仑英雄的待遇,他的遗骸被运回巴黎,人们在凯旋门下为他补办了盛大的葬礼,最终实现了他生前的誓言:"将由凯旋门荣归故里!"历史与拿破仑开了一个滑稽的玩笑。

尽管拿破仑理想中的"和平女神"和"四马战车",最终没能立上巴黎的凯旋门,但希腊神话中"和平征战"的浮雕却被镶刻在凯旋门的巨柱上,在阳光照耀下熠熠生辉。我站在凯旋门前向东望,香榭丽舍大街东端协和广场上高高耸立着一座"方尖碑",这条仅有一千八百米长的街道,有多少关于征服与被征服,光荣与屈辱的故事在流泻。有着深厚历史文化积淀和法兰西民族命运紧密相连的香榭丽舍大街,不知湮没了多少刀光剑影,填平了多少悲欢离合!

巴黎圣母院的启示

在巴黎游览的最后一站是巴黎圣母院,我们是从"铁娘子"那里来的。导游给的时间是一个半小时,我在巴黎圣母院前面的广场上抓拍了几张相片,便随着人流进入大厅。

听着导游对大厅里著名景物的讲解,印象最深刻的是用橱窗罩着的一幅幅带彩绘的雕塑,那是耶稣一生的故事。因从三亚来,在南山寺也看到佛祖释迦牟尼修道成佛的壁画,顿然想到,其实宗教都是一样,崇拜的偶像必有坎坷的经历,以唤起人们的敬仰,用同情去敲碎人们的灵魂!

救世主耶稣被钉在十字架上蒙难,他的母亲玛丽亚把遍体鳞伤血迹斑斑的儿子从十字架上解下,抱在膝前悲痛呼号的情景哪怕是铁石心肠的人都会为之悲恸。我不敢对宗教妄加评判,那是善良人们的自由选择。参观巴黎圣母院,把那些为宗教而献身的人们奉若神明,这也许是诸多亲历者的隐意识。

宗教和信仰是自由的。我并不信奉天主教,但巴黎圣母院这座雄伟壮丽的建筑让我为之震撼。不在乎信仰,而在乎对艺术的虔诚。就像法国浪漫主义作家雨果,对封建教会深恶痛绝,把它"咬得遍体鳞伤"。通过《巴黎圣母院》这部世界名著,揭露了教会的黑暗和宗教的虚伪,歌颂了下层劳动人民的善良、真爱,反映出强烈的反宗教思想情绪,但他却对巴黎圣母院这座建筑赞叹不已,对破坏巴黎圣母院的恶劣行径无比愤慨。

风情欧洲（上）

101

　　尽管它的瑰丽依旧不减当年,但当您看见岁月和人力同时对这令人肃然起敬的丰碑给予无数的损坏和肢解,您是很难不喟然长叹,很难不愤慨万千。

　　可以说,它是一曲用石头谱写成的波澜壮阔的交响乐;是一个人和一个民族的巨大杰作;是一个时代的一切力量通力合作的非凡产物。

　　还有昔日充满前后殿堂各个圆柱之间的无数雕像,或跪,或站,或骑马,有男、有女、有儿童,还有国王、主教、卫士,石雕的、大理石刻的、金的、银的、铜的,甚至蜡制的,所有这一切,是谁把它们粗暴地一扫光呢?

　　那座屹立在交叉甬道交叉点上的迷人的小钟楼,轻盈而又奔放,绝不亚于邻近圣小教堂的尖塔(也已毁掉),比其他塔楼更刺向天空,高耸、尖削、空灵、回声洪亮,这座小钟楼的命运又如何?一位颇为风雅的建筑师在一七八七年把它截肢了,并且认为用一张像锅盖似的铅制大膏药往上一贴,就可以把伤疤遮掩住了。

　　那种种时兴式样,肆无忌惮地进行阉割,攻击建筑艺术的骨架,砍的砍,削的削,瓦解的瓦解,从形式到象征,从逻辑直至美貌,活生生把整座建筑物宰了。

　　甚至打着风雅情趣的旗号招摇过市,厚颜无耻地在峨特艺术的伤口上敷以时髦一时的庸俗不堪的各种玩意儿,饰以大理石饰带,金属流苏,形形色色的装饰,卵形的、涡形的、螺旋形的,各种各样的帷幔、花彩、流苏、石刻火焰、铜制云霞、胖乎乎的小爱神、圆滚滚的小天使,总之,真正的麻风病!

　　············

可见,雨果把肢解、阉割、瓦解、毁坏巴黎圣母院的行径痛骂得狗血淋头!

据介绍,现在的巴黎圣母院始建于十二世纪中叶,至十八世纪末的法国大革命时期,教堂的大部分宝物都被破坏或者掠夺,处处可见被移位的雕刻品和被砍了头的塑像,唯一幸免的是教堂顶上的那口大钟,此时的巴黎圣母院已经是百孔千疮残破不堪了。就因为雨果在他的小说《巴黎圣母院》中对巴黎圣母院作了饱含激情充满诗意的描绘,才使这座令人肃然起敬的丰碑重新焕发出惊人的异彩。这部小说在一八三一年出版后,引起了很大的社会反响,许多人都希望重修巴黎圣母院,并且自觉发起募捐活动,也引起了当时执政当局对巴黎圣母院惨状的关注。修复活动于一八四四年开始,持续了二十三年的时间,使这座壮丽辉煌的建筑重现了久违的光芒。如今的巴黎圣母院依然是法国哥特式建筑的旷世之作,并几乎保持了其原始的风貌。可以说,与封建教会势不两立,与那些外表道貌岸然,内心毒如蛇蝎的神甫不共戴天的雨果,对重修巴黎圣母院和保护巴黎圣母院的建筑艺术做出了不可磨灭的贡献。

这令我想到,一部伟大的作品对世界影响之深广,一位伟大的作家对世界改变之巨大! 宗教和艺术不能混为一谈,艺术不分宗教,无论艺术是哪个宗教的产物,它都是人类共同的财富;无论艺术存在于何种场合,都会得到信仰宗教和无宗教信仰的人们的共同珍爱! 从某种意义上讲,艺术是人类心灵共通的灵丹妙药! 这就是巴黎圣母院给我的启示,也是给所有参观者的启示!

欢乐之城那不勒斯

在中国也许很多人都不知道那不勒斯,那是意大利一座美丽的、风情万种的海滨城市。

我们是五月二十六日傍晚到那不勒斯的。下午两点多从巴黎起飞,经过两个多小时的飞行,飞机徐徐降落在那不勒斯机场。飞机一着陆,机上立刻响起了一片欢快的掌声,那不勒斯人脸上荡漾着欢乐的笑容,所有的旅客也受到了感染,争相附和着击掌和欢笑,为那不勒斯人喝彩。

来接我们的是一位中国籍女导游,苗条的北京人,说一口流利动听的普通话。在从机场到市区的路上,她滔滔不绝为我们讲述那不勒斯的历史,那不勒斯的风土人情,讲得最多的是那不勒斯人的热情与浪漫,在浪漫中蕴含着的那种包容、坦诚、自由甚至任性……

进入市区,果然看到车辆在街道上到处停放,很少看到红绿灯和斑马线,街道上也有许多没有及时清理的垃圾,人行道上小摊小贩在赶夜市摆地摊,卖衣服、皮鞋、女士挎包、化妆品等,没看到有警察或城管的干预,整座城市乱中有序。

我们住的是城区一家小酒店,通往酒店的道路比较狭窄,接送我们的又是一辆中巴车,因车身长行进比较困难。行驶到一条小巷,两旁杂乱无章地停满了轿车、摩托车,拐弯处司机说实在过不去了。咋办? 正当大家伙焦急之时,一位三十岁左右的女子开着摩托车路过,看到我们的车子被堵,她主动下来到前面查看,然后跟司机说,车子可以过,由她来指挥。司机是一个五十开外的米兰人,体魄健壮,性格乐观、开朗、自信,而且开车技术非同一般。司机说,恐怕过不了。那女子执拗地说,请你相信我,能过。于是,那女子戴着头盔在路灯下熟练地指挥着车子。果然,经过几个回合的进退,车子终于开了过去。那女子高兴地举手鼓掌,车上也响起了一片热烈的掌声,向她报以深深地敬意。同伴们说,看来到那不勒斯首先必须学会鼓掌,学会欢乐!

无独有偶。快到酒店的时候又要绕一个急弯,因我们的车子长,绕不过去,前面空地上也停满了车,回旋的空间极小。车子横过去后就把整条巷子堵得死死的,后面的车被挡了一大串。让人感到惊奇的是,被挡的车竟然没有发出一声喇叭声,也没有听到一句叫骂声,似乎那不勒斯人已经习以为常,都有着一颗包容谦让的心。此时,过来了一位中年男子,他查看了地形后对司机说,能过。司机摇了摇头。那男子说,如果不放心就让他来开。司机说,那是公车撞坏了他赔不起。那男子说,那就听他指挥保证没问题。此时,被挡的车上下来了许多人,路上的行人也围拢过来,他们都自觉地当起志愿者,左一阵右一阵齐声吆喝着,就在几十厘米甚至几厘米的缝隙中来回倒转,大约折腾了十几分钟车子终于转了过去。又是一片令人感动的掌声,车上车下互相呼应,弥漫在那不勒斯的夜晚……

我们到达酒店时已经是晚上九点,正值周末,那不勒斯的青年男女走出家门,聚集到夜总会去享受他们的夜生活。无论是谁,只要遇到那不勒斯人他们都会与你打招呼向你微笑。我们一下车,就有许多美丽大方的姑娘送来甜蜜的笑容,有些还用半生不熟的普通话说上一句:"你好!"让人真切地感受到那不勒斯人的热情、亲切与友谊。

那不勒斯的姑娘长得特别美,纤细、修长、稚嫩、浓浓的眉毛,浅绿的眼睛,直钩钩的鼻子,薄薄的嘴唇,还有热情温柔的微笑,一颦一眸,让人心颤。那不勒斯的男子更是斯文而不失健美,高高的个子,结实的胸膛,

风度潇洒,落落大方。那深邃的眼睛里,折射出丰富的情感和深沉的智慧。

导游介绍说,一到周末那不勒斯的年轻人都要到夜总会、歌厅、舞厅去闹个通宵达旦。意大利人,特别是那不勒斯人特别疼爱孩子,你可以在大人的身上动拳脚,唯独孩子不能染指。孩子们在母亲的百般呵护下成长,他们非常感恩母亲,尊重女性,于是女孩子养成了勤劳贤惠温顺从容的性格,男孩子养成了恭敬感戴扶弱帮困的绅士风度。

那不勒斯是意大利的第三大城市,依山傍海,其实山不是很高,但它环绕整个海湾,城市的规划比较严整,以山为依托以海为公共资源,从山脚到山顶其建筑有序排列,前面的不遮挡后面的,谁都可以看到大海,谁都可以享受到阳光。早晨起来,任意推开一扇窗户都可以迎接到明媚的阳光,看到湛蓝的海水,享受到明净宽广、阳光灿烂的心情。这种山和海的默契,地缘和人文的融合,造就了热情爽朗、灿若晨曦的那不勒斯人,也造就了这座欢乐不绝的那不勒斯城。

细品那不勒斯的千种风情

那不勒斯位于意大利南部,意大利文 Napoli,意为新城,中文译名为那不勒斯,也译那波利、拿坡里。来到那不勒斯,你的眼光将会迷失在前所未见的海湾景色中,你的心情将会像阳光一样灿烂无比,你的脑海将被美不胜收的雕塑和建筑艺术所淹没,你的嘴唇将会为这里的千种风情啧啧不已!

那不勒斯的海湾虽然没有沙滩玉带,但那湾、那海在阳光的照耀下碧蓝无垠,极目处几个缥缈的岛屿隐约可见,翡翠般如梦似幻地摇曳,给情侣们留下了丰富的想象空间。横贯那不勒斯的滨海大道均筑了防波堤,填满了规整的银白色的防波石,举目远望,鳞次栉比的建筑和湛蓝如洗的海水,中间夹着一条如波浪起伏的银色巨石带,足以弥补缺少沙滩的遗憾!

海浪无时不在袭击护堤,溅起一堆堆浪花,但面对固若金汤的大堤巨石,每次都泄了气悄然退去,留给那不勒斯的依旧是那片迷人的海湾。

那不勒斯海湾有许多古城堡,我们见到的有"新堡"和"蛋堡"。"蛋堡"坐落在如画般的海港小岛上,与老渔夫的房子、颇负盛名的餐厅一起,面对圣塔露西亚港。据说,此城堡的存亡与一个魔法蛋的完整与破损有密切关联,魔法蛋完好城堡安然无恙,魔法蛋一旦被压破城堡就将倾倒。而至今已经九百多年,城堡一直屹立在海边小岛上,成了老渔夫和那不勒斯人的骄傲。

我们自由地进城堡参观,从海边隔着栈桥没感觉到城堡的大,但进去之后面对用裸露的古砖石筑成的城墙、炮台、枪眼、掩体,还有廊台、走廊、拱门、机关暗道,里三层外三层,下三层上三层像一座迷宫,让人为这座建筑惊叹不已!

走到最高处的晒台上,举目四顾,波平浪宽,清风习习,海湾桅樯林立,小渔船、小舢板,还有各式各样的小游艇、冲浪舟,看似松散实则有序地停泊在"蛋堡"下的港湾内,蔚蓝色的海水微波粼粼,有节奏地将千姿百态的船只摇荡。不远处圣塔露西亚港的码头上,停靠着几层楼高的国际大邮轮,乳白色、银灰色、扎入蔚蓝色的海水里,像一头头"巨鲨"正待出海远航。

海港上空无数只海鸥在翱翔,有的穿梭在船帆桅樯之间,有的站在老渔夫屋子的墙头,有的低旋徘徊来到"蛋堡"与游人嬉戏。那矫健的身姿,

白色的羽毛、灰色的翅膀，黄黑相间的眼睛，还有纯黄色的长嘴，在碧空里简直是一个个活脱脱的小精灵！慢慢咀嚼港湾迷人的景色，既是一首舒心爽朗的抒情诗，又是一曲拨动心弦的轻音乐。

从"蛋堡"向左边远眺，一条连接大海的山脉清晰可见。山那边是旅游胜地苏莲托，是"文艺复兴"时期意大利著名诗人塔索的故乡，也是意大利民歌《重归苏莲托》的发源地。意大利人的性格热情豪放，喜欢歌唱，意大利民歌美妙动人，丰富多彩。最著名的有《桑塔·露琪亚》《我的朋友》、《啊！太阳》和《重归苏莲托》等。接送我们的司机已经五十几岁，依旧热情不减整天歌唱不止，旅途中车上轮番播放的就是他录制的个人专辑。特别是那首《重归苏莲托》让我们听得如痴如醉：看这海洋多么美丽／多么激动人的心情／看这大自然的风景／多么使人陶醉／看这山坡旁的果园／长着黄金般的蜜柑／到处散发着芳香／到处充满温暖／可你对我说再见／永远抛弃你的爱人／永远离开你的家乡／你真忍心不回来／请别抛弃我／别使我再受痛苦／重归苏莲托／你回来吧！——歌词清新优雅，听后让人情思绵绵。

那不勒斯被称为阳光之城，这与这里的人喜欢阳光有关。我们在"蛋堡"看到有人光着身子荡着轻舟在海面上晒太阳，在滨海大道更是看到三五成群的人袒胸露背在防波堤上晒得津津有味。在那不勒斯即使是阳光强烈，也极少看到有人打雨伞。我们同伴中的女士们打着花花绿绿的雨伞，让诸多的那不勒斯人投来了诧异的目光，有的还好奇地问，天不下雨你们干吗打着雨伞？导游诙谐地解释，那不勒斯人喜欢浪漫，中国人喜欢色调！

与巴黎一样，那不勒斯的街头到处都是浮雕，到处都是广场、教堂和宫殿。公民投票广场、圣古纳罗教堂、圣罗伦佐大教堂、圣马丁诺大教堂、圣多明尼克教堂、逢塔纳皇宫、卡波迪蒙蒂皇家宫殿以及皇家露天歌剧院、国立考古博物馆、圣塞维鲁小教堂等众多建筑都呈现出了令人赞叹不绝的雕刻艺术。而诸如安东尼·克拉蒂尼的《贞节》、萨马提诺的《披纱基督》等名胜古迹、名雕绝品也举不胜举。

来那不勒斯，不得不提令人震撼的翁贝托一世走廊。那是一座富丽堂皇幽静高雅的休闲所在，里面呈十字形长廊，高达二十几米，宽十几米，有玻璃与铁制的遮蔽顶棚，宽敞明亮，有宏伟壮丽的外观恢宏气派，建筑四周嵌满艺花雕塑，人物飞檐走壁栩栩如生。还有专为贵族名流打造的会面场所——玛格丽塔露天剧院，更显得气派非凡辉煌华贵。现在，这座昔日皇家贵族、社会名流消遣娱乐的场所已经开辟成为市民游客步行的购物街，游人来到这里在欣赏建筑艺术，感受罗马文化的同时，也可以休闲购物买到自己喜欢的商品，走累了就歇一歇，在咖啡店喝上一杯香浓的意大利咖啡，也会让你一辈子嘴留余香……

第四辑

风情欧洲（下）

火山灰下的记忆

　　那不勒斯周边有许多著名的旅游景点，如海滨梦幻之城苏莲托、锯齿状海岸、以蓝洞闻名的卡布里岛，维苏威火山、火山岛伊斯嘉……这些你可以不去，但有一处你不能不去，那就是被火山灰埋没了一千八百年，后来被考古发掘出来的古城——庞贝。

　　我们是在一位意大利女导游的引领下参观庞贝古城的。女导游四十开外，瘦俏、卷发、皮肤黝黑，讲普通话有些吃力。她忌讳别人学舌，你可以善意纠正，但不能鹦鹉学舌，这样她认为你对她不尊重。我们规规矩矩跟随着她从古城墙的"码头门"进入，这门保存完好，大石板铺道，古时人车分道，现在参观者都从车道通过，进入古城探秘。

　　庞贝古城距维苏威火山约十公里，始建于公元前六世纪。七十九年，维苏威火山突然爆发，瞬息之间火山喷出的岩浆遮天蔽日四处飞溅，浓浓的黑烟夹杂着滚烫的火山灰，铺天盖地降落到这座城市，一夜之间约七米厚的熔岩和火山灰毫不留情地将庞贝从地球上抹掉了。

　　关于那次火山爆发，当地还有一个悲情的传说。那是八月的第一个礼拜天，索菲亚的母亲突然胸口剧痛，咯血不止，索菲亚急得呜呜直哭。此时，她的未婚夫卡洛闻讯赶来，自告奋勇要骑快马去庞贝老家取止血石。自罗马去庞贝六百余里，树木森森，山道崎岖，强盗四处出没，险情无处不在，这令多情的索菲亚抉择两难。卡洛明白未婚妻的担忧，他说："我已有十几年的骑术，又是强壮的武士，轻车熟路，两昼夜时间我一定赶回来！”未等索菲亚应诺，一身戎装的卡洛带着几名助手绝尘而去！可怜的索菲亚等呀等，心中一直在盘算着卡洛的归程。可等到圣诞节，她才听到一则凶讯：八月的一夜，维苏威神山张开火口，喷发出冲天的血红岩浆，方圆几百里顿时成了一片火海，千年名城庞贝从此一夜消失了！算算灾难发生的时间，正是卡洛赶到庞贝取止血石的那一夜。未婚夫一去不复返，从此地中海四处响起《伤心欲绝的索菲娅》这首民歌……

随着岁月的流逝，庞贝古城渐渐淡出了人们的记忆。后来，从罗马南下的移民发现火山山脚一带长满茂密的森林。当人们伐去树木之后，便裸露出黑油油的土地，于是大家就在上面开发种植葡萄。一七四八年春天，当地一名叫安得列的农民在深挖自家葡萄园时，高举锄头“哐啷”一声，好像掘到了一块石头，他无论怎么使劲也拔不出锄头。他连忙喊弟弟、弟媳来帮忙。众人扒开泥土和石块，发现锄头穿透了一个金属柜子，于是大家七手八脚把柜子挖出来，打开一看，里面竟是一大堆熔化、半熔化的金银首饰及古钱币。消息一传开，在这片土地上种植葡萄的农民突然想起祖辈相传的关于庞贝古城失踪的传说，于是盗宝者蜂拥而至，尔后也引来了一批批历史学家与考古专家。

经过百余年七八代专家孜孜不倦的坚持和数以万计工作人员的辛勤维护，终于将庞贝古城惊心动魄的一幕真实地再现于世人面前。参与过发掘庞贝古城的历史学家瓦尼奥说：“那是多么令人惊骇的景象啊！许多人在睡梦中死去，也有人在家门口死去，他们高举手臂张口喘着大气；不少人家面包仍在烤炉上，狗还拴在门边的链子上；奴隶们还带着绳索；图书馆架上摆放着草纸做成的书卷，墙上还贴着选举的标语，涂写着爱情的词句……”

我们在庞贝古城小展馆看到按照当时居民死时的惨状，用石膏灌注复制出的尸体不禁毛骨悚然……在默默凭吊那些遇难生灵的时候，我突

然想到人类不应停留在维护和保存这些灾难痕迹的思维里,而更应将精力放在努力去寻找抗衡自然灾害避免灾难发生的研究上。

庞贝古城是当时古罗马第二大城市,可以说它是古罗马城市建设的缩影。古城略呈长方形,有城墙环绕,四面设置城门,城内大街纵横交错,街坊布局有如棋盘。街道用规整的大石板大石块筑成,至今主街道上还留有明显的马车车辙,两旁有人行道路牙,中间有不少凸起的石阶,下雨天地面积水,人们可踩在凸起的石块上行走,足底就不会被打湿,人性化规划比较明显。

古城中央有大型广场、市政中心大会堂。据说,庞贝被埋没之时,全城不过两万人口。然而,位于市中心的大会堂却是一座可以容纳数千人的规模庞大的公共建筑。大会堂正面有五个入口,会堂内有露天的前庭,是由三十二根大柱子支撑的高两层的三元大厅(正厅和两旁的侧厅)。大厅的纵深处有一个较高的台子是"法院"的裁判庭,有两个入口能直接从大厅两边走上去。大会堂在城市的政治、经济生活中扮演着重要的角色。人们在这里举行大规模的行政集会,公开进行法律审判,发布法令、训示,城市一些重要的法律纠纷、社会问题也在这里得到解决。

古城的东南角,有两座露天剧场。一座用来演出戏剧,另一座是小演奏厅,专门用于演滑稽剧和音乐演奏。这里还有一座宏伟的竞技场,它是角斗士浴血搏斗的场所。在这里人们发现了精美的剑和头盔,墙上还刻着角斗士明星的名字,如"加拉德斯,大英雄,令人心碎"、"弗里克斯将与熊格斗",等等。

庞贝古城也是当时世界上最繁华的城市之一,古罗马人的生活方式在这里被体现得淋漓尽致。

古城的断壁残垣上随处可见描述他们生活的壁画,在会堂的墙壁上,绘有许多希腊风格的装饰画;在极尽奢华的豪宅里可以见到许多富贵壁画;在妓院的隔墙上更是绘着风情壁画演绎着古庞贝人放纵的性生活。

那些壁画至今仍保持着绚丽的色彩,特别是那闪亮的红色依然感人至深,成为一个个令科学家们解不开的谜团。

古城的水利系统十分完备,引水渠四通八达。从山上引来的泉水供市民饮用,街头的喷泉也可提供水源,还有水井和蓄水池。听说开始时庞贝城用铁管引水,后因铁管锈蚀水中锈迹严重改用铅管,铅管没有水锈水质清澈透明,但后来人们发现育龄妇女怀孕突然变少,人口出生率降低,科学家从饮水中发现有铅中毒,才改回用铁管。

古城仅仅一点八平方公里,竟有着能容纳两万观众的竞技场,三十家面包烘房,一百多家酒吧,三座公共浴场和铺着马赛克的温泉澡堂,可容纳五千人的剧院,二十五家妓院……到处都留有庞贝人纵情的印记!

…………

庞贝人放纵的个性和整座城市欢愉的风情,令一千多年后的人类为之叹息。难怪法国历史学家泰纳从庞贝归来后感叹道:"那时候的人,是用整个身体活着。"

也许庞贝人早就知道物极必反乐极生悲的命运逻辑,在庞贝出土的器具上刻着许多这样的语言:"尽情享受生活吧,明天是捉摸不定的。""没有任何东西可以永恒。"由此可见,庞贝人鲜明的个性特点。

我想,在对庞贝古城的叹息与记忆中,是否应当有所取舍地对待这埋在火山灰下的文明与良知?

第四辑 风情欧洲(下)

台伯河边话罗马

从那不勒斯到罗马都是丘陵地带，我们走的是意大利一号高速公路，虽没有国内高速公路那样宽大，中间也没有夸张的绿化分隔带，但路面非常平坦，车流量不多，没有堵车现象，行车比较顺畅。

公路两旁树木森森，原始森林、人工灌木林遍布。听说意大利的路边树多是有历史渊源的，古罗马统治者为了调兵遣将的方便，下令在道路两旁种上大树，为行军的士兵遮挡炎热的阳光。

穿过路边的树林就是庄稼地和果园，葡萄园、银杏园，还有橄榄园，除了绿色就是果实，层层叠叠垒到人的心坎上，一路上给人绿色的心情与丰收的喜悦。城邦大都建在山丘上，沿途看到许多风光秀丽的小山丘，一座座小城沐浴在阳光下，一幢幢或红顶或尖顶或圆顶的小楼，在树荫里坐落有序非常炫目，那种异国风情让人过目不忘。

傍晚时分，我们进入了罗马城，刚进城的时候司机还走了几回弯路。导游说其实都可以到达，只是时间和路程不同而已。于是让我想起过去讲得最多的这句话："条条道路通罗马。"失意的时候，挫折的时候，走弯路的时候，总会有老师和朋友从旁点拨："别灰心，条条道路通罗马，总会有达到目的的那一天。"也曾经把这句话作为树立信心，激励自我的座右铭。现在来到罗马，看到道路从四面八方汇聚这里，城市两岸的台伯河上就建有二十四座桥梁，车水马龙交通四通八达，亲临其境才真正领悟到

"条条道路通罗马"的实际意义。

罗马是意大利的首都,也是国家政治、经济、文化和交通中心,世界著名的历史文化名城,有着两千五百多年的悠久历史,因而被称为"永恒之城"。进入罗马,首先让人怅然长叹的,是那些斑驳离奇的古城遗迹:一段段横卧市中心古老而秃旧的城墙,一道道耸立在街道上刷满风尘的城门,一扇扇坍塌后残缺不全横架在空中的古拱门,一片片倒在草地上露着砖齿的断垣残壁,一支支四面剥落依旧竖立在空旷地上的罗马柱……这些古迹,不知淹没了多少烽火硝烟!

我们在一座花园里,看到了一尊"母狼育婴"的雕像,一头大母狼腹下,两个孩子双手抓着狼乳在吸奶,神情活灵活现。导游说那是罗马城的城徽,于是她滔滔不绝地跟我们讲起罗马建城的神话。神话中,母狼腹下的罗慕洛和勒莫斯是战神之子,他们的母亲是公主,却因为其叔叔夺取了王位被迫成为不许婚嫁的女祭司。她在被禁锢的生活中偷偷爱上了战神,终于生下了罗慕洛和勒莫斯这对孪生兄弟。她的国王叔叔得知后吩咐亲信将兄弟俩投进台伯河,但亲信良心发现瞒着国王用木桶载着他们放进河中任其漂泊。罗慕洛和勒莫斯被冲到帕拉迪诺山脚,幸亏这头母狼将他们救起并用乳汁哺育。兄弟二人长大成人后报仇雪恨,合力杀死了外叔公国王,恢复了外祖父的王位。外祖父死后,在战乱中为争夺王位,兄弟俩格斗,罗慕洛杀死了弟弟勒莫斯,缔造了罗马帝国并成为第一位国王。罗慕洛用自己的名字将新城命名为"罗马"。可见古罗马的兴起,充满着血与火的争斗,台伯河里流淌着复仇的悲歌!

庆幸的是,罗马人尊重和珍惜历史,将古罗马的遗迹完整地保存了下来。据介绍,罗马市政府高度重视古遗址的保护工作,不准拆除一堵墙一个门一根柱,凡有遗址的地方周围都植树种草加以保护,任何市政建设都要服从遗址绕过遗址,在罗马可以清晰地看到整个城市发展的历史脉络,从最原始的砖石建筑到最现代的玻璃钢构设计,从青石板到柏油路,从土

坏房到高楼大厦无不烙上历史的印记。

在罗马最吸引人最让人震撼的还是那些古雕塑、古建筑、古教堂。罗马城方圆一千两百公里,建在七个小山丘上,全城就有七百多座教堂和修道院,世界上最小的国家之一梵蒂冈就在罗马城里,说它是国家倒不如说是全球天主教教宗和教廷的驻地。城里到处都是雕塑,栩栩如生的勇士、武士、斗士、荡人魂魄的美神、爱神、胜利之神,还有宗教领袖、帝王将相、兵马走卒……广场上、台柱上、墙壁上、教堂里,大门前,到处都蹲着故事,哪怕是喷泉也会喷出一尊美女来。满街都是珍品,遍地都是宝藏,可以说罗马是世界人文景观的大观园,也是世界雕塑艺术的聚宝盆。

有人说,到罗马旅游主要不是看古迹,而是看时尚潮流,看新台伯河里流淌着的灯红酒绿。然而,初到罗马的我,对罗马的认识却沉迷在那些发黄了的古迹上。我认为,世界上任何一个角落都有文化,就像有人的地方都会有歌唱有舞蹈,不同的文化元素、多元的文化特色构成丰富多彩的世界。罗马之所以与众不同出类拔萃,罗马之所以有着络绎不绝的追捧者和热恋者,是因为沉淀在古迹里那深厚悠久的文化遗产,是因为"文艺复兴"的源头活水,它闪光而博大的文化依然成为推动世界文化前进的动力,也使罗马成为旅游者所要品尝的最有韵味的东西,成为不同国籍的科学家艺术家们梦寐以求的艺术天堂。

十字架下的哭泣

相信来到罗马的人大都要去看古罗马竞技场（也叫"斗兽场"），我们也是迫不及待地到了那里。那是早晨八九点钟的时候，天气微凉，天色阴沉，天空中飘着细小的雨点，莫非竞技场里的幽灵在用凄惶与酸楚的泪滴向游人泣诉？远远望去，竞技场是座破败得令人惊愕的庞然建筑，像一个损了边框的摇篮，又像一艘四面破损的巨船，或是一个没有锅盖的炉灶，更像一座断了头颅的监狱，如果你全然不懂罗马的历史，根本就想象不出那里竟是人兽角斗的场所。

我们跟随游人进入了这座破败的建筑。底层阴森森的，到处都是发黑了的墙体，一块块巨石上洞眼累累，似弹坑像炮孔让人触目惊心。抬头看处处都是用裸石筑成的圆拱，虽然坚固但让人胆战心惊。从墙体、地板到台阶都是石头，纯粹是一座石窟。走上顶部，竞技场原形尽收眼底，整座建筑是椭圆形的，长一百八十八米，宽一百五十六米，高五十七米，据说是用了三百吨的铁打造了将石头连接起来的抓钩（那些石块上的洞孔就是为抓钩连接所致的）。从七十二年起，竞技场由四万名战俘用了八年时间建造而成，工程的浩大和建筑的难度可想而知。

竞技场共有三层座位，顶层还有一圈只能站着的看台，底层还有特殊的包厢。整个竞技场的座位是按社会地位、等级尊卑安排的，皇室成员和守望圣火的贞女坐在包厢里，身着长袍的元老坐在一层；第二层为高阶层的市民席，第三层为普通市民席；顶层站着的是地位低微的奴隶和穷人，

第四辑 风情欧洲（下）

整座竞技场最多可以容纳九万人。竞技场的布局非常精密,观众从第一层的八十个拱门入口进入,另有一百六十个出口遍布于每一层的各级座位,疏散非常方便,据说如果出现混乱和失控,整个竞技场十分钟之内就可以被清空。

我们现在已经看不到表演区和斗兽台,管理者在西侧复原了一角以供游人参观,其余部分都是凹凸不平的机关暗道。表演区底下是地窖,隐藏着很多暗洞和通道,用于关押猛兽和角斗士,储存道具和牲畜。表演开始时通过人工升降机将他们起吊到台面上。角斗是竞技场的主要节目,角斗士们都是来自帝国时期各个地方的奴隶和俘虏,角斗的形式有人与兽斗、人与人斗,有双斗与群斗,双斗无论是人斗或人兽混斗一直斗到一方死亡为止,群斗却是一直斗到人兽同归于尽。听说竞技场竣工之时,古罗马统治者为了庆祝,驱使五千头猛兽与三千名奴隶、战俘、罪犯上场"表演",人与兽、人与人血腥大厮杀持续了一百天,直到五千头猛兽和三千条人命自相残杀、同归于尽。无怪乎有人说,只要你在角斗台上随便抓一把泥土,放在手中一捏,就可以看到印在掌上的斑斑血迹。而在这里所上演的人与人、人与兽之间惨无人道的格斗和搏杀,仅仅是为了给荒诞无耻的统治者带来腐朽的满足与野蛮的快感!

也许是天怨人怒,二一七年竞技场遭雷击引起火灾,部分毁损严重,但统治者依旧恶性不改将其修复继续举行人性毁灭的表演。四四二年和五〇八年又发生两次地震,竞技场损毁更加严重,统治者这才于五二三年停止了血腥的"竞技"。文艺复兴时期,罗马大兴土木,竞技场的许多石块被挖去建造宫殿和教堂,听说当时市民也跟风搬走大理石建私宅,当局也默许谁能搬走就归谁,导致竞技场的石材大量流失。到了十八世纪中叶,罗马教廷以早年有基督教徒被驱逐当角斗士在竞技场殉难为由,宣布其为圣地并对其进行保护,使这座庞大的建筑虽面目全非但悲情依旧。听说每年的圣诞节梵蒂冈的教皇都要到这里来,在十字架前为那些哭泣的灵魂祈祷。

毋庸置疑，古罗马的建筑承载历史见证文明，是闪烁着奇幻魅力的艺术瑰宝。而这座充满血腥的竞技场，它所折射出的文明不知埋葬多少基督教徒的血泪，填满多少奴隶的尸骨！行走在颓废的走廊和看台上，在为古罗马的建筑艺术和古罗马人的智慧惊叹的同时，也会为那些倒在血泊里的灵魂而悲愤。哪怕在罗马再建成上万座教堂，竖起亿万个十字架，也无法赎去古罗马统治者的罪恶，无法掩盖十字架下那些亡灵的哭泣！因此，我并不希望人们把这里当作古罗马文明的摇篮，而是希望人们把它当作一座没有锅盖的炉灶，将世界上所有愚昧、野蛮、混沌的行径统统丢进去，点燃宽容、友爱、道义、进步的文明之火将其烧成灰烬！

万神殿与许愿池

在罗马有许多古建筑可以让你目不暇接。有人说，要对罗马做深度游，非一个月绝对拿不下。我们在罗马仅有短短两天半的时间，只能走马观花任由导游安排择其重点。除了古罗马斗兽场，印象最深的要算万神殿与许愿池了。

万神殿

万神殿是巴洛克式圆形尖顶建筑的杰作，曾被艺术大师米开朗琪罗

赞叹其为"天使的设计"。这是一座公元前的建筑,是由罗马帝国首任皇帝屋大维的女婿阿格里帕建造,用以供奉奥林匹亚山上诸神的。罗马人信奉神明,认为神是不灭的,神的力量是无穷的,神是至高无上的,于是打造这座宏伟的建筑作为神的殿堂,让"万神"在这里得到永生。但古罗马纷争不断灾难连年,万神殿历经沧桑后被改为天主教堂,将多尊圣骸保存于内,才被完整保存下来。如今,万神殿不仅存放圣骸,殿内仍有七座壁龛,分别供奉战神和朱利奥恺撒神明和英雄。除壁龛外,殿内还有很多神明和英雄的雕像。而其内侧的小堂后来成了伟人公墓,拉斐尔、意大利国王埃玛努埃尔二世、翁贝尔托一世和玛尔盖丽妲王后等伟大人物长眠于此。万神殿成了圣尊、伟人的安息地,他们也成了万民仰望的神明。

来到万神殿,让人为之惊叹的是那气势恢宏的建筑,庭前十六根高十二点五米无接缝的花岗岩石廊柱,每根需三人方能环抱重几十吨,公元前罗马人是怎样搬来,怎样一根根的竖立起来的现在还是个谜。这让我想起了北京长陵的廊柱,同样是十几米高,直径一米多的六十根金丝楠木大柱,又是怎样从大兴安岭运到北京的,也让人不可思议。还有埃及的金字塔、中国的万里长城,这些建筑奇迹中的不解之谜只能归结为人类的智慧无穷!

进入万神殿更是宽广空旷,一个直径四十几米的大殿堂无一根支柱,无一根横梁。主体十二米以上是不断缩小的圆形穹顶,根部最厚处有五点九米,顶部最薄也有一点五米。当时的人们是如何用混凝土浇灌出如此巨大的穹顶,真让人无法想象。穹顶顶部开有直径九米的圆洞,作为整个万神殿内唯一的光源来源,站在殿堂中间可以仰望天空,圆洞给殿堂里带进缕缕阳光,使整个殿堂虽无窗户但不显黯淡,加上四周壁龛铜木色的光亮,与金黄色的灯光交相辉映,更加凸显万神殿的辉煌、庄严与神圣。

许愿池

许愿池是罗马城最大的也是知名度最高的喷泉,位在三条街的交叉口,该喷泉总高约二十五点九米,宽约十九点八米,也是罗马最后一件巴洛克式杰作,成为罗马的象征之一。这个雄伟的喷泉雕刻叙述的是海神的故事,背景建筑是一座海神宫,中间立着的是一尊被两匹骏马拉着奔驰的海神像,在海神的左右两边各立有两尊水神,右边的水神像上,有一幅"少女指示水源"的浮雕,海神宫的上方站着四位少女,分别代表着四季。寓意有海神的力量和少女的贞洁同在,喷泉四季不歇。

站在许愿池边,看着海神宫前的一幕,既感惊心动魄又让人感喟。在一股巨浪中,两匹高大的似欲脱缰的骏马拉着海神狂奔,左右两旁的水神与巨浪搏斗,竭力控制水势,企图制服狂奔的骏马,水势浩荡场面壮阔,身材魁梧体魄强壮肌肉暴突的海神独自岿然不动,以此折射出一种勇往直前战无不胜的力量像喷泉一般奔涌不息!在罗马的许多雕塑上,有英雄必有美女。海神的上方站着四位少女,她们成了海神力量的源泉,无论春夏秋冬,不管严寒酷暑,英雄的身后都有美女的陪伴,只有他们的搭配才能创造出人世间最美好最动听的故事。

许愿池亦叫幸福泉,传说它会带给人们幸福。罗马人有一个美丽的传说,如果有人背对着喷泉,右手拿硬币从左肩上方向后投入水中,就能实现自己的愿望。投第一枚代表找到恋人,投第二枚代表彼此真心相爱,投第三枚代表婚后重返罗马或不离罗马。可见,当时的罗马是人们心目中的圣地,是英雄和美女集聚之处,也是情侣们的幸福归宿。如今,在许愿池的四周坐满了来自世界各地的游人,他们背对喷泉投去一枚枚硬币,祈求爱情与幸福,听说每隔一两天的时间,水池内累积的硬币金额便可达数百欧元。

第四辑

风情欧洲（下）

许愿池也是力量的象征。在远古时代,出征的罗马男子来到许愿池旁,投下一枚银币,祈祷自己能凯旋。他们以海神为楷模驰骋疆场,身经百战骁勇无比让敌人胆寒,使罗马城成为不败之城,永恒之城。

许愿池还有一个名字叫"特雷维",是三岔路的意思,也许是寓意在人生的三岔路口,不能彷徨不能犹豫,必须果断做出正确的选择。同时也暗示,道路千条万条,只要积极追求,一心向善,就会实现美好的理想与愿望。这也许是古往今来,人们络绎不绝从四面八方汇集到许愿池,争相在喷泉边上抛硬币许良愿的原因所在,也是这座永恒之城的魅力所至。

神秘梵蒂冈

到罗马的第三天,我们参观了神秘的梵蒂冈城国,这是当今世界上最小的国家,面积仅有零点四四平方公里,横竖不到七百米,人口约八百三十人,位于罗马城内的西北角,故被称为"城国"。

梵蒂冈是一个政教合一的神权国家。教皇是国家元首,也是全世界天主教的精神领袖。与其说梵蒂冈是一个独立的主权国家,倒不如说它是世界各国天主教会的领导中心和教廷的所在地。

梵蒂冈虽小,但五脏俱全。它拥有自己的一整套机构和部门。教皇下设教廷国务卿并设有十个圣部,每个圣部负责处理一项宗教专门任务。此外还有秘书处、法庭、专门办公室等。

梵蒂冈建国始于七五六年,法兰克国王丕平把罗马城及其周围的区域送给教皇,在意大利境内成立了以罗马为首都的教皇国,直辖领土面积达四万平方公里以上。一八七〇年八月,罗马爆发了反抗教皇政权的人民起义,意大利国王进驻罗马,教皇被迫退居罗马城内西北角的梵蒂冈。一九二九年二月十一日签订了《拉特兰条约》,意大利将梵蒂冈归属教皇,并承认其为独立的城市国家,国名全称"梵蒂冈城国"。

梵蒂冈实质上是个袖珍国,境内没有田野,没有农业、工业,没有矿产资源。国民的生产生活必需品,譬如自来水、电力、食品、燃料、煤气等统统由意大利供给。这个国家也没有军队,据说已故教宗保禄六世在一九七〇年宣布解除梵蒂冈全部军队,唯独保存瑞士卫队。原因是瑞士卫队以忠诚闻名于世。一五二七年五月六日,加洛林王朝查理五世的军队血洗罗马城,教廷卫队中其他国家的人全部逃散,只有瑞士人顽强坚守,一百四十七名瑞士士兵为保卫教皇流尽了最后一滴血。为感念瑞士卫队的忠诚与牺牲,当时的教宗宣布他的卫队将永远由瑞士青年组成,一直沿袭至今。人们在通往梵蒂冈宫后院的门道两侧,看到了身着红黄蓝彩条制服、手持古代长把兵器、腰间佩剑、表情严肃的瑞士卫兵,许多人还争着与其合影,可他们忠于职守纹丝不动。瑞士卫队的使命是负责梵蒂冈国家安全、教皇安全及宗教仪式安全。

梵蒂冈已和一百二十个国家建立了外交关系,整个国家的收入主要靠宗教事业、教皇贡款、教施舍款,光这三项就占全部收入的百分之八十五以上。还有旅游、邮票、不动产、特别财产的利息也成为财政收入的来源。在这里,我们感受最深的是旅游和艺术,这里有世界最大的天主教堂——圣彼得大教堂、"价与天齐"的梵蒂冈博物馆、教皇官邸拉特兰宫、绿草如茵的后花园等,吸引着世界各地成千上万的游人,汇聚在零点四四平方公里的小天地里,一睹这个神秘国度的风采。

梵蒂冈的艺术杰作,主要集中在圣彼得广场、圣彼得教堂、梵蒂冈博物馆和西斯廷礼拜堂。梵蒂冈博物馆所收集的稀世文物和艺术珍品,堪

与巴黎卢浮宫相媲美。总面积五点五万平方米,空廊回廊里蜿蜒着六千米的展示空间,十二个陈列馆和五条艺术长廊,汇集了希腊、罗马的古代遗物以及文艺复兴时期的艺术精华,大都是无价之宝。听说梵蒂冈博物馆起源于一五○六年一月十四日,在罗马圣母玛利亚主教堂附近一个葡萄园里发掘出一座名叫《拉奥孔与儿子们》的大理石雕像,教皇儒略二世派米开朗琪罗等人去查看,在他们的推荐下,教皇当机立断从葡萄园主那里买下了这座雕像,并于一个月后在梵蒂冈向公众进行展示,成了梵蒂冈博物馆的最初展品,当时轰动了整个罗马城。现在这座雕像陈列在庇奥·克里门提诺展馆里,与名作《克尼多斯的维纳斯》、《沉睡的阿莉亚多尼》、《望楼的阿波罗》等并列展出。

梵蒂冈博物馆还有许多著名的展馆。

拉斐尔画室,这是由拉斐尔及其徒弟们的壁画装饰的馆室,其天花板壁画《雅典学院》举世闻名,还有《希略多拉斯的放逐》和《波塞纳的神奇弥撒》等不朽之作熠熠生辉。

梵蒂冈画廊,主要收藏绘画作品,包括拉斐尔的《基督变容图》、达·芬奇的《圣杰洛姆》和卡拉瓦乔的《基督下十字架》等名画,使其毫无争议地成为世界上最大最辉煌的壁画博物馆之一。

西斯廷礼拜堂,更是欧洲最负盛名的艺术殿堂,其中的作品则是让人惊叹不已。艺术大师米开朗琪罗在此创作了绘画珍品,顶棚的《创世纪》面积三百平方米,由九幅中心画面组成,画出上帝创造世界的过程。正面壁上的《末日的审判》,充满绝望阴沉的气息,该画描绘的是世界末日来临时,基督把万民召集在自己面前,分出善恶的情景。艺术大师通过上帝分辨善恶,表达了自己爱憎分明的情感。听说米开朗琪罗创作时极为艰苦,谢绝一切助手。由于长期仰面作画,他颈项僵直,导致无法正常直立行走,看书读信都要放置在头顶仰视。歌德曾评论说:"没有到过西斯廷礼拜堂的人,无法了解一个人所能做的事。"

常言道:"内行看门道,外行看热闹。"对于绘画作品,我虽然没有欣赏水平,也没有那种艺术细胞,但从博物馆络绎不绝的人流,从在名画名作之前赞不绝口的人们,从那些你推我拥争先观赏的热闹劲,不禁让我肃然起敬。从博物馆出来,站在宽阔的圣彼得广场,回首一望米开朗琪罗设计的圣彼得大教堂的穹顶,环视广场四周柱廊二百八十四根巨大的石柱,顿感天空无比的宽阔,心里充满了对这座艺术宝库的敬仰和对这座上帝之城神圣的敬意。

大卫之美——佛罗伦萨

　　五月二十九日,早茶后从罗马启程去佛罗伦萨,走的是意大利一号高速公路,中午到了当地一个购物点,导游安排在那里吃午饭并购物。下午三点半,我们继续向佛罗伦萨进发。大约傍晚六点,到了位于佛罗伦萨一座小山丘上的米开朗琪罗广场,这也是导游特意安排的,因为广场上有米开朗琪罗的"大卫像",那是被世界誉为最完美男人的艺术作品。可以说,佛罗伦萨也是因这尊"大卫"而美誉全球。

　　"大卫"是一尊全身裸体雕像,高二点五米,连基座高五点五米,原像用整块大理石雕成。大卫是《圣经》故事中的经典人物,从小容貌俊美,机智勇敢,因捍卫以色列城战功显赫,受到人民的拥戴,成了以色列最年轻的军事统帅。米开朗琪罗善于刻画人物的肌肉线条,这尊雕像全身肌肉健美,看上去充满了青年男性的激情与力量。据说,米开朗琪罗创作

"大卫"的时候，特意把"大卫"的肩膀做得比较宽阔，并把头部的比例加大，下肢放长，手和脚的关节都增大，以加强英雄形象的效果，使得观众从下往上仰视高大的"大卫"时，其身材不会因视线的远近而显得瘦弱，无论哪个角度都给人强悍的视觉冲击感和震撼感，无论男士或女士都会被这副完美无缺的身材所折服。

欣赏完"大卫"雕像，转过身来佛罗伦萨笼罩在一片黄昏薄雾里，整齐有致、高低错落的红褐色屋顶裹着稀薄的晚妆，闪烁着橘红色的光环，将佛罗伦萨古朴、优雅、高贵的气质表达得淋漓尽致，也把徐志摩"翡冷翠"的译名展现得出神入化。我们流连在米开朗琪罗广场，隔着缓缓流淌的阿诺河，兴奋地和这座美丽之城接吻，留下了一个个迷人的瞬间。

佛罗伦萨是欧洲文艺复兴运动的发祥地，伟大诗人但丁的故乡。被称为文艺复兴时期艺坛"三杰"的达·芬奇、米开朗琪罗、拉斐尔当时就集聚在此，成为世界艺术史上的千古美谈。此外，诸多名人，如伽利略、多纳泰罗、乔托、提香、薄伽丘、彼德拉克、瓦萨里等也相聚于此，正是有了众多卓越的艺术家们创造了大量的闪耀着时代光芒的建筑、雕塑和绘画作品，使佛罗伦萨成为文艺复兴的重镇、欧洲艺术文化和思想的中心。

导游带着我们离开了米开朗琪罗广场，走进了古老狭窄的小巷，仿佛回到十五世纪的烽烟岁月，耳边回响着得得嗒嗒的马蹄声。来到市政厅广场（亦称领主广场）以及附近的圣母百花大教堂，漫步在这些幽静深邃的小巷中，又不时与米开朗琪罗、达·芬奇、但丁……擦肩而过。

在市政厅广场除了米开朗琪罗的"大卫"之外，本韦努托·切利尼的青铜雕像"珀耳修斯和美杜莎的头"，也是传神之作。传说中美杜莎原是个十分美丽的少女，长着一头披肩秀发。可她自视长得好，竟然不自量力地和智慧女神雅典娜比起美来。雅典娜被激怒了，她施展法术，把美杜莎的那头秀发变成了无数毒蛇，美女变成了妖怪。珀耳修斯是利用青铜盾的反光，找到了熟睡中的美杜莎，走上前去，一刀砍下了她长满毒蛇的头。

这尊雕像中珀耳修斯一手拿刀,一手提着美杜莎的头,脚踩着美杜莎的尸体,反映的是人们对妖怪的憎恨和对智慧女神的推崇。

詹波隆那的大理石雕像"强掳萨宾妇女",表现的则是罗马的士兵野蛮强抢良家妇女,其构思巧妙动作逼真。雕像的最下层是可怜的丈夫,中间是强壮的士兵,上层是惊恐的女人,詹波隆那把交缠在一起的三个人物的复杂动作在其画面的立体空间表现得惟妙惟肖。

此外,"大卫"的一侧,是巴托洛米奥·阿曼纳蒂和他的助手们创作的"海神"喷泉,八角形喷泉中间高高的底座上,马拉着的双轮战车上竖立着巨大的白色海神尼普顿雕像,底座装饰着被铁链锁住的青铜神话人物。与"大卫"形成鲜明对比的是"海神"身上的肌肉与线条,由于年龄的差距,中年海神的腰粗了,肌肉略显松弛,比不上少年大卫那神奇得可以让人看到其血液在血管里流动,神态与体魄充满激情与力量的美。于是有人戏言,"海神"大叔站在"大卫"的身边,眼光注视着"大卫"健美的侧影,既羡慕、嫉妒,又伤心、憎恨。可以说,米开朗琪罗的"大卫",是文艺复兴时期佛罗伦萨雕塑艺术无与伦比的灵魂之作!

圣母百花大教堂离市政厅广场不远,其外墙非常华丽,是用红、绿、白三色大理石相拼而成,有人说,世界上庄严雄伟的教堂很多,但很少有教堂如此妩媚。听说这座教堂是统治佛罗伦萨三百年之久,被称为佛罗伦萨"无冕王"的美帝奇家族出资建造的。圣母百花大教堂的圆形穹顶是天才建筑师布鲁涅内斯基仿造罗马万神殿圆顶设计的,是古典艺术与当时科学的完美结合,连教皇也惊叹其为"神话一般",一位音乐家还专门为它作了一首协奏曲。后来米开朗琪罗又模仿它设计了梵蒂冈圣彼得大教堂,却不无遗憾地感叹:"可以建得比它大,却不可能比它美。"可见圣母百花大教堂在意大利有多大的影响力。

游完市政厅广场和圣母百花大教堂已是晚八点,但佛罗伦萨天黑得晚,导游又领着我们来到阿诺河边,沿着阿诺河岸的护堤,沐浴在暖暖的

春风里,看着阿诺河上的古桥,听着淙淙的流水声,欣赏河边的片片绿色,远眺河对岸小山丘米开朗琪罗广场上朦朦胧胧的"大卫"雕像,大美佛罗伦萨就像帕瓦罗蒂在《我的太阳》中唱的:"啊,佛罗伦萨!我心中的太阳!你是春天,在我的回忆中灿烂;你是水,在我的心底温柔;你是远方,在我的思念中走近;你是风景,在我的人生中永远!"

梦中水城威尼斯

五月三十日,吃完早餐,我们就从佛罗伦萨出发往威尼斯,中午时分到了对岸的港口。为了等渡船我们在游客中心短暂停留,而此时梦中的威尼斯已在每个人的脑海萦绕。

约等了四十分钟我们上了渡船。渡船并不大,可以乘坐三十多人,船头一男一女两个中国留学生当导游,普通话讲得清脆、流利。听说威尼斯大学有两个著名的专业,一个是建筑,另一个就是中文,因此威尼斯人特别是商人都能讲一些日常用普通话,使得中国人到威尼斯旅游非常方便。

渡船穿行在蓝色的海湾,海浪滔天,海鸥低旋,在大学生们优美而动听的讲解中,"水上都市"威尼斯神话般出现在我们的眼前:那简直是一个水上童话,城在水中游,水抱城不放。沿岸的建筑造型精美,黄墙、红褐色屋顶,钟塔、教堂穿插其中,哥特、罗马和文艺复兴时期的建筑风格集于一岸,和谐又协调,给人一种建筑艺术美的享受。

渡船接近威尼斯时,水中耸立着许多大木桩,三根一捆成交叉状。我们好奇地问了导游。据介绍,威尼斯位于意大利东北部,它的历史始于四五三年,当时威尼斯一带的农民和渔民为了躲避酷嗜刀兵的游牧民族,逃往亚德里亚海中的这片烂泥滩。为了生存,他们逆水而上,到了意大利北部的阿尔卑斯山采伐"栎木",顺流放到了这片烂泥滩。他们把一捆捆"栎木"当木桩打入泥中,然后在上面铺上板,再用砖石盖起房子,代代相传不屈不挠,终于建成了规模宏大的威尼斯城。于是有人说,威尼斯城上面是石头,下面是森林。随着时代变迁,陆地下沉,海水逐渐冲刷,现在威尼斯整个城市都浸泡在水中,成为让世界为之叫绝的水城。也许,人们不禁要问,那些木头难道就不腐朽吗?据介绍,"栎木"打入泥中,久而久之淤泥把它包围得严严实实,隔氧、隔水的木桩愈久弥坚,坚如岩石硬如铁桩,成为世界建筑史上的奇迹。

渡船大约开行二十分钟我们就上了岸。整座威尼斯城共由一百一十八个小岛组成,共有四百多座桥梁横跨其间。市内水道纵横,没有汽车通行,交通工具都是船,还有一种类似水上出租车的著名古典小游船贡多拉。五月的威尼斯热浪袭人,导游跟我们约好了返程时间后就带领我们直奔圣·马可广场,这里既是威尼斯市中心,也是游人集中之处。广场号称是世界最大的无顶大理石客厅,四周遍布高档商店和著名咖啡馆。广场的入口处有两根高大的圆柱,东侧的圆柱上挺立着一只展翅欲飞的青铜狮,它就是威尼斯的城徽——飞狮。飞狮左前爪扶着一本《圣经》,据说圣·马可是耶稣门徒、《新约·马可福音》的作者,公元前六十七年在埃及殉难后,八二八年,两位威尼斯富商成功地把他的干尸从亚历山大港偷运回威尼斯,存放在圣·马可大教堂的大祭坛下,自此圣·马可成为威尼斯的保护神。广场的后面是由五个半圆顶组成的圣·马可大教堂,因时间紧没能进去参观,据说大教堂内的墙壁,采用的是大理石和黄金点缀的镶嵌画,闪闪发光,金碧辉煌,彰显了威尼斯当年的富足。而教堂中部大门的尖塔顶部,耸立着手持《马可福音》的圣·马可塑像,六尊

第四辑 风情欧洲(下)

带飞翅的天使簇拥在塑像之下，把塑像衬托得更加神圣。广场的一侧是威尼斯共和国总督府，外部装饰华贵，全部采用红白相间的大理石镶嵌墙面。广场上成千上万的和平鸽穿梭在人群中间，只要你手拿一点食粮，它便会亲热地停在你的肩上或手掌上抢着啄食，呈现出一派人与自然和谐相处的景象。

绕过圣·马可大广场又来到圣·马可小广场，其建筑风格主要体现威尼斯主题的"凉廊"，十分整齐壮观。小广场中央有一座高达九十七米的钟塔，每到整点的时候，两个机器人就会用槌自动敲钟报时，悠扬的钟声回荡在整座城市空中。广场上有许多露天音乐咖啡厅，几个时髦女郎在"凉廊"拉起小提琴，吸引无数游人驻足观看。

游完大、小圣·马可广场，导游带我们穿过水城迂回曲折的小巷，来到了一家水晶工场，听说这是威尼斯独特的手工作坊，里面古老的机械加工设备和当众生产的工艺品吸引了诸多参观者。我们坐在炉火旁欣赏工人通过钢管将煮熔的水晶吹成工艺品的全过程，还参观了工场里陈列的大至海豚、花瓶，小至托盘、茶杯的水晶艺术品，无不为其精美的造型和精湛的艺术叫绝。

有人说，来意大利不来威尼斯就算白来，到了威尼斯不坐贡多拉就算白到。威尼斯的交通全靠这种出租的贡多拉承载，轻巧别致的舟身两头高高翘起，像一弯亏月划破水面，缓慢的向前摇去。漆成黑色的舟身，擦洗得精光明亮，舟弦之上镶嵌着一条铜边闪闪发光。舟中放着两张靠背椅，套上丝绒椅套，游客可以相对而坐，观景谈心浪漫无比。导游为我们购好船票，我们四人一组坐上了一条条贡多拉。船夫统一穿着黑长裤，白底蓝条格T恤，个个高大帅气，体魄健壮，他们从容不迫地轻摇橹浆离开码头，向着扑朔迷离的水巷驶去，所经之处但见临水人家，灰墙青瓦，一排排高墙把并不宽裕的河道紧紧夹在中央，阳光吝啬地照射在狭窄的水面上，使人顿感光明难能可贵。有人还雇意大利歌手在贡多拉上唱意大利民歌,不时飘来的美妙旋律,如同泼洒在心头的霞光,让人迷醉。

贡多拉有如穿行在水中画廊,蜿蜒的水巷,流动的清波,就好像一个个漂浮在酽酽碧波上的梦。更让人难以忘怀是那水中的桥,威尼斯城有四百多座桥,造型千姿百态,风格各异,有的如游龙,有的似飞虹,有的庄重,有的小巧,使威尼斯成为名副其实的"桥城"。因为桥也生出了许许多多既动听又悲怆的故事,最著名的要算"叹息桥"了。这是一座拱廊桥,架设在总督宫和监狱之间的水道上,因死囚被押赴刑场时经过这里,常常会发出叹息声而得名。传说有一个男人被判了刑,走过这座桥。狱卒说:"看最后一眼吧!"那男人在窗前停下,窗棂雕得很精致,是由许多八瓣菊花组合的。男人攀着窗棂俯视,见到一条窄窄长长的贡多拉正驶过桥下,船上坐着一男一女在拥吻,那女子竟是他同梦共枕的爱人。男人疯狂地撞向花窗,窗子是用厚厚的大理石造的,没有撞坏,只留下一滩血迹和一个愤怒的尸首。如今,血迹已被洗涤干净,而悲惨的故事依旧在水中流淌,就像一首委婉伤情的意大利民歌……